KB008315

동주 필사

동주 필사

초판 발행 2017년 05월 30일
초판 11쇄 2024년 12월 10일
지은이 윤동주
편저자 고두현
발행인 이진곤
발행처 도어즈
출판등록 제 312-2011-000006호(2011년 2월 25일)
주소 경기도 파주시 문발로 405 제2출판단지 활자마을
전화 02-338-0092
팩스 02-338-0097
홈페이지 www.seentalk.co.kr
E-mail seentalk@naver.com
ISBN 978-89-97371-64-8 03810

이 도서의 국립중앙도서관 출판예정도서목록(CIP)은 서지정보유통지원시스템 홈페이지(http://seoji.nl.go.kr)와 국가자료공동목록시스템(http://www.nl.go.kr/kolisnet)에서 이용하실 수 있습니다.(CIP제어번호: CIP2017010396)

도어즈는 씨앤톡의 자매 회사입니다.

동주 필사

윤동주 지음 — 고두현 엮고 씀

도어즈
doors

동주와 함께한 필사의 추억

그날은 12월 24일이었다. 신춘문예에 응모한 지 열이틀만인 성탄 전날. 늦잠 끝에 물소리 같은 당선 통보를 받았다. 귓바퀴가 커지는가 싶더니 곧 눈시울이 뜨거워졌다. 한참을 그렇게 앉아 있다가 창밖을 보았다. 흰 눈을 머리에 이고 선 북한산이 이마를 끄덕이며 하얗게 웃어 주었다. 그 풍경 속으로 생전 아버지의 미소가 아른거렸다.

유년시절의 기억에는 북간도의 송화강(松花江)에서 팔뚝 걷고 투망하던 아버지의 모습이 겹쳐져 있다. 한때 큰 뜻을 품고 북방으로 향했으나, 뜻은 하나도 이루지 못하고 병만 얻어 귀향한 아버지. 그 미완의 역사 때문인지 북간도 얘기를 자주 들려주셨다. 윤동주와 같은 연배인 아버지 덕분에 용두레우물이 있는 용정(龍井) 마을이나 '동방을 밝히는 마을'이란 뜻의 명동촌(明東村) 이야기가 낯설지 않았다.

내가 윤동주 시를 따라 쓰며 습작기를 보낸 것도 이런 배경과 맞닿아 있다. 중학교에 들어가기 전부터 「별 헤는 밤」, 「참회록」, 「쉽게 씌어진 시」 등을 옮겨 쓰고 베껴 읊으며 문학의 꿈을 키웠다. 수많은 문호들이 고전을 필사하며 습작했다는 말에 용기를 얻어 몇 번이고 그들을 따라하며 시인 흉내를 내곤 했다.

서른이 다 돼서야 등단했으니 늦은 편이지만, 그 때문에 습작기가 길었던 건 오히려 행운이었다. 손때 묻은 습작 노트가 늘어나는 만큼, 시를 베껴 쓰는 필사 노트도 늘어났다. 동주에 이어 소월, 목월, 미당을 따라 쓰면서 빈 귀퉁이에 '시인의 꿈'을 꾹꾹 새겼던 날들. 동주가 그토록 좋아해서 시집을 통째로 베꼈던 백석과 정지용 시는 당시 금서(禁書)로 묶여 있어서 한참이 지난 뒤에야 필사할 수 있었다.

민들레 피고 까치 날고…… 어른과 아이의 눈으로

당선 통보를 받은 그날, 동주의 시를 옮겨 적었던 옛 필사 노트를 다시 꺼내 보았다. 긴 겨울밤을 밝히는 촛불을 보고 '매를 본 꿩이 도망가듯이/ 암흑이 창구멍으로 도망한/ 나의 방에 품긴/ 제물의 위대한 향내를 맛보노라'(「초 한 대」 부분)던 열일곱 동주의 모습이 그곳에 있었다. 「초 한 대」는 그가 처음 쓴 시다.

동주는 사촌 몽규의 신춘문예 당선 소식을 전해들은 날부터 노트에 시를 정리하기 시작했다. 용정 은진중학 3학년 때인 1934년

12월 24일, 크리스마스 전날이었다. 그 날짜로 쓴 「초 한 대」와 「삶과 죽음」, 「내일은 없다」 등 3편은 지금까지 확인된 그의 시 중 최초의 것이다.

연희전문에 입학해서 쓴 「새로운 길」은 또 어떤가. '내를 건너서 숲으로/ 고개를 넘어서 마을로// 어제도 가고 오늘도 갈/ 나의 길 새로운 길// 민들레가 피고 까치가 날고/ 아가씨가 지나고 바람이 일고'라는 구절에선 봄처럼 싱그러운 미래를 꿈꾸던 동주의 표정이 눈에 보일 듯했다.

동시의 맛을 제대로 알게 된 것도 동주 덕분이었다. 「산울림」은 연희전문 1학년 때 쓴 동시다. 월간 『소년』에 발표된 일을 계기로 편집인인 동요시인 윤석중을 만났고 처음으로 원고료도 받은 작품이다. '까치가 울어서/ 산울림,/ 아무도 못 들은/ 산울림.// 까치가 들었다/ 산울림,/ 저 혼자 들었다,/ 산울림.' 짧은 8행이지만 시상이 맑고 명료해서 지금도 흥얼거리고 싶은 시다.

「창구멍」이란 동시에는 시대적 아픔까지 녹아 있다. '바람 부는 새벽에 장터 가시는/ 우리 아빠 뒷자취 보고 싶어서/ 침을 발라 뚫어 논 작은 창구멍/ 아롱아롱 아침해 비치옵니다.// 눈 내리는 저녁에 나무 팔러 간/ 우리 아빠 오시나 기다리다가/ 혀끝으로 뚫어 논 작은 창구멍/ 살랑살랑 찬바람 날아듭니다.'

새벽 장에 가는 아버지 뒷모습이 보고 싶어 문 종이에 침을 발라 뚫어 놓은 구멍으로 아침 해가 비치고, 겨울 저녁 나무 팔러 간 아버지 돌아오길 기다릴 땐 마음이 더 급해 혀끝으로 크게 뚫은 구멍 사이로 찬바람이 날아드는 모습. 동주가 아이와 어른의 눈을 동시에 가졌다는 것을 확인시켜 주는 대목이다.

어떻게 쓸까 – 호흡 · 리듬 맞춰 천천히, 내밀하게

동주의 시를 어떻게 필사하는 게 좋을까. 우선, 그의 호흡과 리듬에 맞춰 천천히 쓰는 게 좋다. 필사란 단순히 글자를 옮겨 적는 행위가 아니라 문장 속의 내밀한 의미, 행간에 숨은 뜻을 하나씩 느끼는 것이다.

「별 헤는 밤」을 예로 들어 보자. 추억 속의 풍경과 그리운 이들의 이름을 하나씩 불러보다가 '이네들은 너무나 멀리 있습니다./ 별이 아슬히 멀듯이'라고 한 뒤 한 호흡 쉬고 '어머님,/ 그리고 당신은 멀리 북간도에 계십니다'고 할 때의 그 아득하고 미묘한 떨림의 순간! 이럴 땐 몇 번이나 호흡을 가다듬으며 천천히 써야 한다. 그래야 그 감정의 결이 온전히 전해진다.

'밤이면 밤마다 나의 거울을/ 손바닥으로 발바닥으로 닦아 보자'는 「참회록」은 더 심호흡을 하면서 써 보자. '육첩방은 남의 나라,/ 창밖에 밤비가 속살거리는데// 등불을 밝혀 어둠을 조금 내몰고/ 시대처럼 올 아침을 기다리는 최후의 나'(「쉽게 씌어진 시」) 대목은 너무 처연해서 한참을 기다렸다 옮겨 적어야 하리. 시인이 쉼표를 찍었으면 그 대목에서 쉬고, 말줄임표를 남겼으면 여백을 그대로 느끼면 된다.

다음은 소리 내어 읽으면서 따라 쓰는 것이다. 전작 『마음필사』에서도 강조했듯이 은은하게 소리를 내면서 글을 쓰면 우리 몸이 완전한 공명체로 변한다. 낭독(郎讀)과 낭송(郎誦)처럼 소리 내어 읽는 음독(音讀)은 심신의 흥을 돋운다. 리듬 따라 머리와 몸을 가볍게 흔드는 동안 다른 감각도 활성화된다. 눈과 혀, 입술, 성대, 고막까지 자극하니 뇌가 저절로 살아난다. 전두엽을 자극하면 기억력과 집중력이 좋아지는 원리와 같다.

한 단어나 한 음절, 자음 하나와 모음 하나가 어우러져 부드러운 화음을 낼 때, 우리 몸과 마음은 한없이 둥글어진다. 영혼의 밑바닥을 건드리는 소리가 그곳에서 난다.

때때로 따라 쓰는 빈 페이지를 두지 않은 시를 만나면 소리 내어 읽는 묘미만을 만끽해도 좋다.

세 번째는 하루에 한두 편씩 아껴가며 쓰는 것이다. 아침이든 저녁이든 상관없다. 시를 따라 쓰는 그 시간은 온전히 나를 위한 성찰의 시간이자 기쁨의 시간이다. 혼자 있는 시간일수록 더 의미 있다. 그렇게 몇 달쯤 즐기고 나면 생각의 단층이 깊어지고, 나를 둘러싼 공간도 한층 넓어진다. 시집의 빈 페이지를 하나씩 채워가다 보면 어느 날, 자신의 손글씨로 시집 한 권을 완성한 기쁨까지 맛볼 수 있다.

또 하나. 의미 있는 키워드를 나침반 삼아 시의 상징을 따라가는 필사법도 재미있다. 윤동주 시편들을 시기와 성격에 따라 '하늘'(1장) · '바람'(2장) · '별'(3장) · '시'(4장)로 나누고, 그 이미지에 접목하며 찬찬히 음미할 수 있도록 편집한 것도 이런 까닭이다.

탄생 100주년 완결본을 따라 쓰는 즐거움

이 시집은 윤동주 탄생 100주년을 기념하는 완결본이다. 윤동주가 남긴 육필 원고를 기본으로 한 묶음의 자선 시집 원고, 두 권의 원고 노트, 낱장으로 보관돼 온 원고 가운데 수정하거나 제목을 바꾼 작품 등을 비교 분석해 최종본으로 완성했다.

이 과정에서 그의 원고를 사진으로 찍은 『사진판 윤동주 자필 시고전집』(민음사)을 비롯해 첫 인쇄본인 『하늘과 바람과 별과 시』(정음사), 『정본 윤동주 전집』(문학과지성사), 『육필원고 대조 윤동주 전집 하늘과 바람과 별과 시』(서정시학) 등을 일일이 대조하고 확인했다. 그간의 학술적 연구 결과에 『윤동주 평전』(서정시학) 등 참고 자료까지 폭넓게 활용해 완결본의 깊이를 더하고자 했다.

원문은 현대어 표기법에 맞게 옮기되, 뉘앙스를 꼭 살려야 할 부분은 원래 형태를 살리고 사투리나 뜻이 모호한 어휘에는 주석을 달았다. 작품을 이해하는 데 지장이 없는 한자는 한글로 바꾸고 필요하면 괄호 속에 넣었다. 작품마다 원고에 표기된 연도와 날짜를 밝혔으며, 날짜 표기가 없는 경우에는 괄호 안에 추정 시점을 부기했다.

작품 배열도 기계적인 순서보다는 시인의 생각에 조금이라도 가깝게 다가가도록 편집했다. 창작 연대나 발표 시기에 구애받지 않고 독자들이 그의 시를 체계적으로 수용하고 음미할 수 있도록 했다.

하늘 · 바람 · 별 · 시를 필사 키워드로

1장 '하늘과 바람과 별과 시(詩)'에는 그가 연희전문 졸업반 때 내려고 했던 미완의 자선 시집 원고 19편을 배치했다. 후배 정병욱이 고향 집 항아리 속에 보관한 덕분에 극적으로 빛을 본 그 육필 원고다. 첫 시집을 묶기 위해 밤새워 육필 원고를 정서하던 동주, '하늘을 우러러/ 한 점 부끄럼이 없기를' 기도하던 그의 마음결을 따라 1장의 필사 키워드를 '하늘'로 잡았다.

2장 '초판본에 포함된 시'에는 동주가 시집을 묶으려고 준비했던 19편 외에 1948년 정음사가 펴낸 시집 초판본에 추가된 시 12편을 모았다. 이 가운데 5편은 일본에서 친구 강처중에게 보낸 편지 속에 들어 있던 것이고 7편은 유고시다. 광복을 불과 6개월 앞두고 후쿠오카 형무소에서 바람처럼 스러져 간 그의 애환이 그대로 담겨 있다. 그래서 2장의 필사 키워드는 '바람'으로 정했다.

3장 '원고 노트 『창(窓)』에 수록된 시'에는 1936년에서 1939년 9월까지의 원고가 담긴 노트 『창(窓)』 수록작품 중 45편을 엮었다. 이보다 먼저 쓴 원고 노트 『나의 습작기(習作期)의 시(詩) 아닌 시(詩)』에서 옮겨 온 것, 개작하거나 제목을 바꾼 것도 있다. 동주가 열아홉에서 스물두 살 때까지 쓴 시가 대부분이다. 3장의 필사 키워드는 '별'이다.

4장 '원고 노트 『나의 습작기(習作期)의 시(詩) 아닌 시(詩)』에 수록된 시'에는 1934년 12월부터 1937년 3월까지의 원고 노트 『나의 습작기(習作期)의 시(詩) 아닌 시(詩)』에서 『창(窓)』으로 옮기거나 개작

한 시를 뺀 작품 42편을 담았다. 동시와 동요가 많이 포함돼 있다. 과묵한 겉모습과 달리 천진난만하고 익살스런 그의 모습이 살갑고 다정하다. 연초록 색감의 그 느낌 그대로, 4장의 필사 키워드로는 '시'를 꼽았다.

5장 '유학 이전 습유작품'에는 낱장 형태로 남아 있는 그의 습작 가운데 일본으로 유학 가기 전에 쓴 작품을 실었다. 퇴고와 개작을 거친 작품들은 대부분 1~4장에 반영했고, 「팔복(八福)—마태복음 5장 3~12」, 「못 자는 밤」 2편만 여기에 넣었다.

차례

머리말 004

하늘과 바람과 별과 시 1장

서시 018
자화상 020
소년 022
눈 오는 지도 024
돌아와 보는 밤 026
병원 028
새로운 길 030
간판 없는 거리 032
태초의 아침 034
또 태초의 아침 036
새벽이 올 때까지 038
무서운 시간 040
십자가 042
바람이 불어 044
슬픈 족속 046
눈 감고 간다 048
또 다른 고향 050
길 052
별 헤는 밤 054

2장 초판본에 포함된 시

흰 그림자 060
사랑스런 추억 062
흐르는 거리 064
쉽게 씌어진 시 066
봄 2 070
밤 072
유언 074
아우의 인상화(印象畵) 076
위로 078
간 080
산골 물 083
참회록 084

3장 원고 노트 『창(窓)』에 수록된 시

황혼 088
가슴 1 090
가슴 2 090
가슴 3 091
산상(山上) 092
양지쪽 094
산림(山林) 096
남쪽 하늘 098
빨래 099
닭 1 100
가을밤 102
곡간(谷間) 104
겨울 106
황혼이 바다가 되어 108
할아버지 110
장 112
풍경 114
달밤 116
울적 117
한란계(寒暖計) 118

그 여자 120
야행(夜行) 122
비 뒤 124
비애 126
명상 127
창 128
바다 130
산협(山峽)의 오후 132
어머니 134
소낙비 136
가로수 138
비 오는 밤 140
사랑의 전당 142
이적(異蹟) 144
코스모스 146
고추밭 148
비로봉 150
햇빛, 바람 152
해바라기 얼굴 154
애기의 새벽 156
귀뚜라미와 나와 158
산울림 160
달같이 161
장미 병들어 162
투르게네프의 언덕 164

원고 노트 『나의 습작기(習作期)의 시(詩) 아닌 시(詩)』에 수록된 시 4장

초 한 대 168
삶과 죽음 170
내일은 없다 172
조개껍질 174
고향 집 176
병아리 178
오줌싸개 지도 180
창구멍 182
기왓장 내외 184
비둘기 187
이별 188
식권(食券) 190
모란봉에서 192
종달새 194

거리에서 196
공상(空想) 198
이런 날 200
오후의 구장(球場) 202
꿈은 깨어지고 204
창공 206
빗자루 208
햇비 210
비행기 212
굴뚝 214
무얼 먹고 사나 215
봄 1 216
참새 218
개 1 219
편지 220
버선본 222
이불 224
사과 226
눈 227
닭 2 228
호주머니 229
아침 230
거짓부리 232
둘 다 234
반딧불 237
만돌이 238
개 2 240
나무 241

5장 유학 이전 습유작품

팔복(八福) -마태복음 5장 3~12 244
못 자는 밤 246

윤동주가 연희전문학교 졸업에 맞춰 시집을 내려고 19편을 골라 자필로 원고지에 써서 한 권은 자기가 갖고 스승 이양하와 후배 정병욱에게 각각 한 권씩 건네 준 시편들.
두 권은 찾을 길이 없지만, 정병욱이 갖고 있던 한 권은 고향 집 항아리 속에 보관한 덕분에 극적으로 살아남아 빛을 봤다.

1장의 필사 키워드는 '하늘'로 잡아보자. 첫 시집을 묶기 위해 밤새워 육필 원고를 쓰던 스물네 살 동주의 마음결을 따라가며 써 보자.
그렇게 천천히 음미하다 보면 어느 새 '하늘을 우러러/ 한 점 부끄럼이 없기를' 기도하는 그의 푸른 영혼이 내게 와 닿을지 모른다.

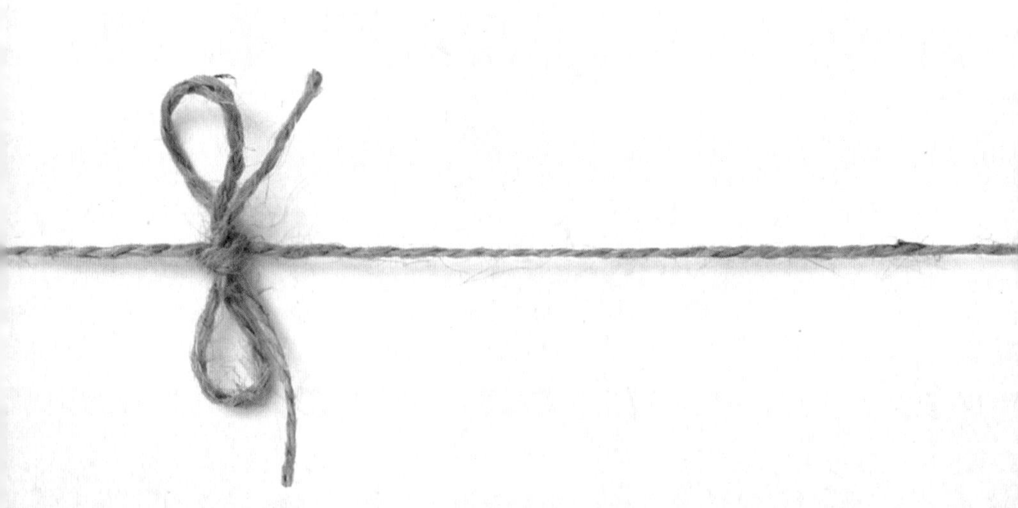

1장

하늘과
바람과
별과
시

서시

죽는 날까지 하늘을 우러러
한 점 부끄럼이 없기를,
잎새에 이는 바람에도
나는 괴로워했다.
별을 노래하는 마음으로
모든 죽어 가는 것을 사랑해야지
그리고 나한테 주어진 길을
걸어가야겠다.

오늘 밤에도 별이 바람에 스치운다.

1941년 11월 20일에 썼으니, 연희전문 4학년 졸업을 한 달 앞둔 시기다. 동주가 시 19편을 묶은 자선시집을 준비하면서 맨 앞에 넣으려고 별도로 쓴 시. 서두에 나오는 시라고 해서 「서시」로 알려져 있지만, 원래는 제목을 붙이지 않은 시였다.
시집 제목도 당초 동주가 생각한 것은 『병원』(28쪽 참조)이었는데, 이 시를 쓰고 나서 『하늘과 바람과 별과 시(詩)』라는 제목으로 바꿨다.
동주는 시집 출간에 앞서 필사본 세 부를 만들어 한 부는 갖고, 스승 이양하 교수와 후배 정병욱에게 한 부씩 줬다.

그러나 이양하 교수는 '일제의 검열을 통과할 수 없고 신변 위협까지 따를 것'이라며 출판을 보류하라고 조언했다. 출판을 포기한 동주는 졸업 직후 용정에서 내려 애썼지만 그곳에서도 사정은 여의치 않았다. 동생 윤혜원은 "오빠가 300원만 있으면 되는데…… 하며 안타까워했다"고 회고했다. 결국 사후 3년이 지나서야 유고시집이 나왔다.
동주의 시 세계를 상징적으로 보여주는 작품인 만큼 단어 하나하나를 소리 내어 읽어가며 필사해보자.

자화상

산모퉁이를 돌아 논가 외딴 우물을 홀로 찾아가선 가만히 들여다봅니다.

우물 속에는 달이 밝고 구름이 흐르고 하늘이 펼치고 파아란 바람이 불고 가을이 있습니다.

그리고 한 사나이가 있습니다.
어쩐지 그 사나이가 미워져 돌아갑니다.

돌아가다 생각하니 그 사나이가 가엾어집니다.
도로 가 들여다보니 사나이는 그대로 있습니다.

다시 그 사나이가 미워져 돌아갑니다.
돌아가다 생각하니 그 사나이가 그리워집니다.

우물 속에는 달이 밝고 구름이 흐르고 하늘이 펼치고 파아란 바람이 불고 가을이 있고 추억처럼 사나이가 있습니다.

1939. 9. 대학 2학년 초가을에 쓴 시. 여기에 나오는 우물은 어디에 있는 걸까. 많은 이들은 그의 고향 명동에 있는 우물일 것이라고 추정한다. 그러나 입학 동기인 유영 교수 등의 증언을 종합하면 동주의 서소문 하숙집 근처에 있던 우물이라는 설이 맞는 것 같다. 지금보다 한적했던 당시 그곳엔 '산모퉁이'도 있었고 '외딴 우물'도 있었다. 명동 우물은 수십 길 되는 깊은 우물이어서 소리치면 울리는 소리가 났다는데, 그렇게 깊으면 얼굴이 물 위에 비칠 리가 없다.

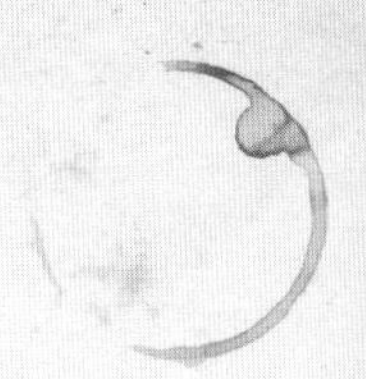

소년

여기저기서 단풍잎 같은 슬픈 가을이 뚝뚝 떨어진다. 단풍잎 떨어져 나온 자리마다 봄을 마련해 놓고 나뭇가지 위에 하늘이 펼쳐 있다. 가만히 하늘을 들여다보려면 눈썹에 파란 물감이 든다. 두 손으로 따뜻한 볼을 씃어 보면 손바닥에도 파란 물감이 묻어난다. 다시 손바닥을 들여다본다. 손금에는 맑은 강물이 흐르고, 맑은 강물이 흐르고, 강물 속에는 사랑처럼 슬픈 얼굴— 아름다운 순이의 얼굴이 어린다. 소년은 황홀히 눈을 감아 본다. 그래도 맑은 강물은 흘러 사랑처럼 슬픈 얼굴— 아름다운 순이의 얼굴은 어린다.

1939. 「자화상」을 쓸 무렵의 시. '순이'라는 이름이 등장하는 시는 이보다 한 해 전에 쓴 「사랑의 전당」(1938)과 연희전문 졸업반 때 쓴 「눈 오는 지도」(1941)를 합해 모두 세 편이다. '순이'를 놓고 북아현동 하숙집 근처에 살던 아버지 친구의 딸이라는 설 등이 있으나 구체적으로 밝혀진 건 없다. 동주의 여동생 얘기로는 일본 유학 중 만난 목사 딸 박춘혜와 결혼할 뻔했다는 설도 있었으나 이마저 확인되지는 않았다.

023

눈 오는 지도 地圖

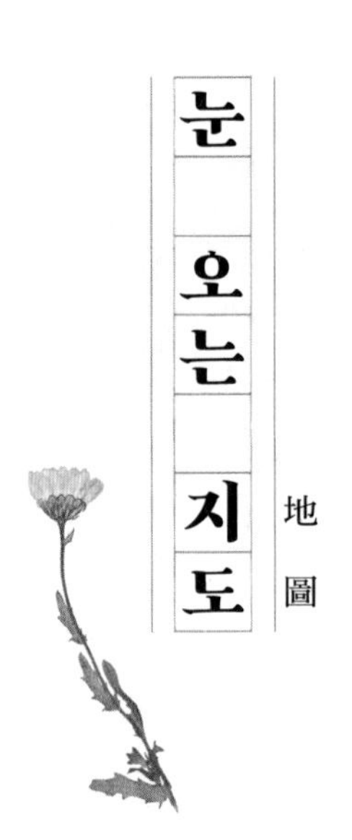

순이가 떠난다는 아침에 말 못할 마음으로 함박눈이 내려, 슬픈 것처럼 창밖에 아득히 깔린 지도 위에 덮인다.

방 안을 돌아다보아야 아무도 없다. 벽과 천장이 하얗다. 방 안에까지 눈이 내리는 것일까, 정말 너는 잃어버린 역사처럼 홀홀히 가는 것이냐, 떠나기 전에 일러둘 말이 있던 것을 편지를 써서도 네가 가는 곳을 몰라 어느 거리, 어느 마을, 어느 지붕 밑, 너는 내 마음속에만 남아 있는 것이냐, 네 쪼그만 발자국을 눈이 자꾸 내려 덮여 따라갈 수도 없다. 눈이 녹으면 남은 발자국 자리마다 꽃이 피리니 꽃 사이로 발자국을 찾아 나서면 일 년 열두 달 하냥 내 마음에는 눈이 내리리라.

1941. 3. 12. 이 시에서는 함박눈 내리는 날 떠난 '순이'와의 가슴 아픈 사연이 깃들어 있다. 수줍음 많은 동주의 성격처럼 숫기 없이 말도 못하고 떠나보내야 하는 비애가 눈발처럼 하얗게 내려 덮인다. '떠나기 전에 일러둘 말이 있던 것을 편지를 써서도 네가 가는 곳을 몰라' 애를 태우는 심정이라니! 그래도 '눈이 녹으면 남은 발자국 자리마다 꽃이 피리'라는 희망을 안고 '꽃 사이로 발자국을 찾아 나서'면 저 눈이 그치기라도 할까. '일 년 열두 달 하냥(늘) 내 마음에' 내리는 저 눈이……

돌아와 보는 밤

세상으로부터 돌아오듯이 이제 내 좁은 방에 돌아와 불을 끄옵니다。 불을 켜 두는 것은 너무나 피로로운 일이옵니다。 그것은 낮의 연장이옵기에—

이제 창을 열어 공기를 바꾸어 들여야 할 텐데 밖을 가만히 내다보아야 방 안과 같이 어두워 꼭 세상 같은데 비를 맞고 오던 길이 그대로 빗속에 젖어 있사옵니다。

하루의 울분을 씻을 바 없어 가만히 눈을 감으면 마음속으로 흐르는 소리、 이제 사상(思想)이 능금처럼 저절로 익어 가옵니다。

1941. 6. 보기 드물게 기도문 형식으로 쓴 시다. 세상으로부터 돌아온 내 방도 좁고 어두운데 가만히 내다본 바깥도 방 안처럼 어둡다. 그런 세상에서 불을 끄고 가만히 눈을 감으면 그제야 들린다. 마음속으로 흐르는 소리, 생각이 능금처럼 저절로 익어가는 소리. 골방에 들어가 문을 닫고 기도하라는 말씀처럼 어두운 방 안에서 눈을 감아야만 보이는 게 내면이 아닐까.

027

병원

살구나무 그늘로 얼굴을 가리고 병원 뒤뜰에 누워, 젊은 여자가 흰옷 아래로 하얀 다리를 드러내 놓고 일광욕을 한다. 한나절이 기울도록 가슴을 앓는다는 이 여자를 찾아오는 이, 나비 한 마리도 없다. 슬프지도 않은 살구나무 가지에는 바람조차 없다.

나도 모를 아픔을 오래 참다 처음으로 이곳에 찾아왔다. 그러나 나의 늙은 의사는 젊은이의 병을 모른다. 나한테는 병이 없다고 한다. 이 지나친 시련, 이 지나친 피로, 나는 성내서는 안 된다.

여자는 자리에서 일어나 옷깃을 여미고 화단에서 금잔화 한 포기를 따 가슴에 꽂고 병실 안으로 사라진다. 나는 그 여자의 건강이— 아니 내 건강도 속히 회복되기를 바라며 그가 누웠던 자리에 누워 본다.

1940. 12. 이 시 「병원」은 윤동주가 처음 내려고 했던 시집의 원래 제목이었다. 아픈 시대 상황을 함축적으로 담아낸 것이었으나, 나중에 『하늘과 바람과 별과 시』로 시집 제목이 바뀌었다. 동주는 정병욱에게 "처음에는(「서시」가 완성되기 전) 시집 이름을 '병원'으로 붙일까 했다"면서 필사본 원고 표지에 연필로 '병원'이라고 써넣어 주었다. 그 이유는 지금 세상이 온통 환자투성이기 때문이라 했다. 병원이란 병을 고치는 곳이기 때문에 혹시 앓는 사람에게 도움이 될 수 있을지도 모르지 않겠느냐고 그는 덧붙였다.

이 시에서 폐를 앓는 젊은 여자는 '찾아오는 이' 하나 없는 외로운 존재다. 나도 '아픔을 오래 참다' 이곳에 왔다. 그러나 '늙은 의사'는 병명을 모른다. 그는 시대적 고통을 알지 못한다. 그런 가운데 나는 '금잔화 한 포기를 따 가슴에 꽂고 병실 안으로 사라진' 여자가 누웠던 자리에 누워본다. 여자와 나의 건강이 속히 회복되기를 기원하면서. 절망 속에서 희망을 꿈꾸는 그와 여자의 동일시(同一視) 과정이 오롯하면서도 애잔하게 느껴진다. 바로 이 대목에서 '천천히 음미하며 따라 쓰는' 필사의 묘미가 더해진다.

새로운 길

내를 건너서 숲으로
고개를 넘어서 마을로

어제도 가고 오늘도 갈
나의 길 새로운 길

민들레가 피고 까치가 날고
아가씨가 지나고 바람이 일고

나의 길은 언제나 새로운 길
오늘도…… 내일도……

내를 건너서 숲으로
고개를 넘어서 마을로

1938. 5. 10. 연희전문에 입학해서 처음으로 쓴 시. 이때만 해도 봄처럼 싱그럽고 기대에 찬 분위기가 역력하다. 서울 연희동 안산공원에 「새로운 길」 시비가 서 있다. 서대문구청에서 연북중학교 뒤쪽으로 오르막길을 따라가다 보면 안산 자락길 초입에 있다.

간판 없는 거리

정거장 플랫폼에
내렸을 때 아무도 없어,

다들 손님들뿐,
손님 같은 사람들뿐,

집집마다 간판이 없어
집 찾을 근심이 없어

빨갛게
파랗게
불붙는 문자도 없이

모퉁이마다
자애로운 헌 와사등에
불을 켜놓고,

손목을 잡으면
다들, 어진 사람들
다들, 어진 사람들

봄, 여름, 가을, 겨울,
순서로 돌아들고.

1941. 정거장에 아는 이 없고, 다들 손님 같은 사람들뿐이고, 집집마다 간판이 없고, 불붙는 문자도 없는 나라. 그래도 자애로운 불빛 아래 서로 손목을 잡으면 '어진 사람들'이 있는 나라…… 이들을 통해 '영원히 슬플 것' 같던 절망을 넘어 새로운 '간판'을 찾아 사계절 내내 돌아들기를 바라는 마음이 전편에 녹아 있다. 쉼표를 따라 쓸 때 한 호흡씩 쉬어가며 쓰면 느낌이 달라진다.

Papaveraceae.
Papaver Rhoeas L.

태초의 아침

봄날 아침도 아니고
여름、 가을、 겨울、
그런 날 아침도 아닌 아침에

빨—간 꽃이 피어났네、
햇빛이 푸른데、

그 전날 밤에
그 전날 밤에
모든 것이 마련되었네、

사랑은 뱀과 함께
독은 어린 꽃과 함께

1941. 5. 31.(추정) 성경의 창세기를 모티브로 한 시. '태초'는 세상의 처음이니 '전날 밤에/ 모든 것이 마련되'고 난 다음의 아침이다. '빨간 꽃'과 '푸른 햇빛', '사랑과 뱀', '꽃과 독'이 본문의 상징어다. 종로구 누상동에 있는 소설가 김송의 집에서 하숙할 무렵에 썼다.

또 태초의 아침

하얗게 눈이 덮이었고
전신주가 잉잉 울어
하나님 말씀이 들려온다.

무슨 계시일까.

빨리
봄이 오면
죄를 짓고
눈이
밝아

이브가 해산하는 수고를 다하면

무화과 잎사귀로 부끄런 데를 가리고

나는 이마에 땀을 흘려야겠다.

1941. 5. 31. 「태초의 아침」과 같은 날 완성한 시로 이 역시 창세기를 바탕으로 하고 있다. 마지막 석 줄을 한 연씩 띄어 배열했으니, 따라 쓸 때도 그만큼씩 마음의 간격을 두고 쓰자.

새벽이 올 때까지

다들 죽어가는 사람들에게
검은 옷을 입히시오.

다들 살아가는 사람들에게
흰옷을 입히시오.

그리고 한 침대에
가지런히 잠을 재우시오

다들 울거들랑
젖을 먹이시오

이제 새벽이 오면
나팔소리 들려올 게외다.

1941. 5. 이 시의 핵심어는 '새벽'과 '나팔소리'다. 죽음은 끝이 아니라 다시 살아나는 것의 전조라는 점을 '가지런한 잠'과 '젖'의 이미지로 연결한 뒤, 마침내 때가 되면 부활의 나팔소리가 울려 퍼질 것이라고 예언한다.

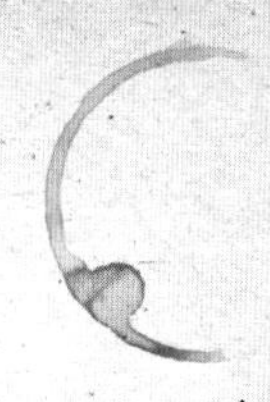

무서운 시간

거 나를 부르는 것이 누구요,

가랑잎 이파리 푸르러 나오는 그늘인데,
나 아직 여기 호흡이 남아 있소.

한 번도 손들어 보지 못한 나를
손들어 표할 하늘도 없는 나를

어디에 내 한 몸 둘 하늘이 있어
나를 부르는 것이오.

일이 마치고 내 죽는 날 아침에는
서럽지도 않은 가랑잎이 떨어질 텐데……

나를 부르지 마오.

1941. 2. 7. 연희전문 졸업반 초봄에 쓴 시. 일제의 핍박은 더해갔다. 연희전문 교장이 바뀌기 직전이었다. 기숙사를 나와 종로구 누상동의 소설가 김송 집에서 하숙하던 그는 일본 경찰이 김송 집을 급습하는 바람에 안팎으로 고초를 당하다 북아현동으로 하숙을 옮기기도 했다. 그야말로 '어디에 내 한 몸 둘 하늘'도 없는 식민지 젊은이의 '무서운 시간'이었다. 이 해 12월 8일 일본은 진주만을 기습하며 '태평양 전쟁'을 일으켰다.

041

십자가

쫓아오던 햇빛인데
지금 교회당 꼭대기
십자가에 걸리었습니다.

첨탑이 저렇게도 높은데
어떻게 올라갈 수 있을까요.

종소리도 들려오지 않는데
휘파람이나 불며 서성거리다가,

괴로웠던 사나이,
행복한 예수 그리스도에게
처럼
십자가가 허락된다면

모가지를 드리우고
꽃처럼 피어나는 피를
어두워 가는 하늘 밑에
조용히 흘리겠습니다.

1941. 5. 31. 신약성경의 예수 수난을 바탕으로 '괴로웠던 사나이,/ 행복한 예수 그리스도에게/ 처럼/ 십자가가 허락된다면' 나도 주어진 사명을 위해 '꽃처럼 피어나는 피를/ 어두워 가는 하늘 밑에/ 조용히 흘리겠다'고 다짐한다.

바람이 불어

바람이 어디로부터 불어와
어디로 불려 가는 것일까,

바람이 부는데
내 괴로움에는 이유가 없다.

내 괴로움에는 이유가 없을까,

단 한 여자를 사랑한 일도 없다.
시대를 슬퍼한 일도 없다.

바람이 자꾸 부는데
내 발이 반석 위에 섰다.

강물이 자꾸 흐르는데
내 발이 언덕 위에 섰다.

1941. 6. 2. 「눈 감고 간다」를 완성하고 이틀 뒤에 이 시를 썼다. 여기서 '단 한 여자를 사랑한 일도 없다'거나 '시대를 슬퍼한 일도 없다'는 것은 역설적 반어법. '바람이 부는데/ 내 괴로움에는 이유가 없다'도 마찬가지다. 바람으로 상징되는 외적 환경을 여러 번 반복하면서 '내 발이 반석 위에 섰다'거나 '언덕 위에 섰다'는 내적 의지를 다지고 있다.

045

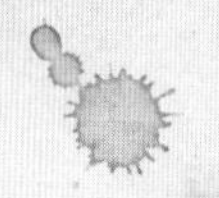

슬픈 족속

흰 수건이 검은 머리를 두르고
흰 고무신이 거친 발에 걸리우다。

흰 저고리 치마가 슬픈 몸집을 가리고
흰 띠가 가는 허리를 질끈 동이다。

1938. 9. 이 짧은 시에 민족의식이 구체적으로 배어 있다. '흰'으로 상징한 젊은 여인의 모습을 '슬픈 족속'이라는 제목으로 녹여내며 서러운 민족의 아픔을 그렸다. 연희전문학교 1학년 때 작품.

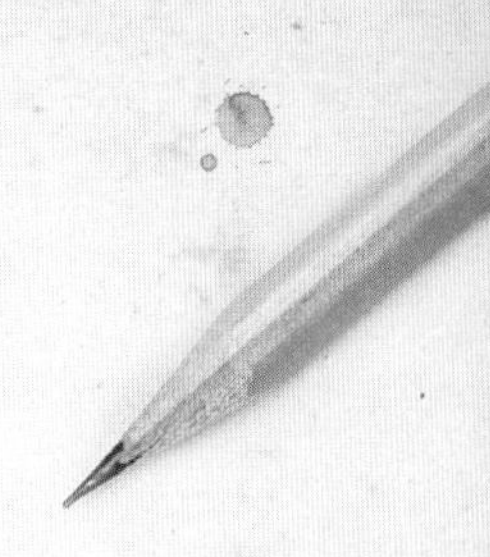

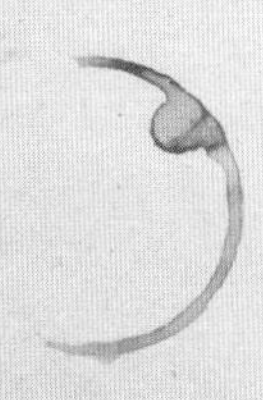

눈 감고 간다

태양을 사모하는 아이들아
별을 사랑하는 아이들아

밤이 어두웠는데
눈 감고 가거라.

가진 바 씨앗을
뿌리면서 가거라

발부리에 돌이 채이거든
감았던 눈을 와짝 떠라.

1941. 5. 31. 신약성경 마태복음 13장의 '씨 뿌리는 비유'와 맞닿는 이미지다. '가진 바 씨앗을/ 뿌리면서 가거라'와 '발부리에 돌이 채이거든/ 감았던 눈을 와짝 떠라'가 핵심 메시지. 누상동 하숙집이 평화로운 시절에 그는 9편 넘는 시를 쏟아냈다. 이 시도 기독교적인 분위기의 시를 한꺼번에 퇴고한 5월 31일 함께 완성했으니 그날 '글발'이 한껏 뻗쳤던 듯하다.

또 다른 고향

고향에 돌아온 날 밤에
내 백골이 따라와 한방에 누웠다.

어둔 방은 우주로 통하고
하늘에선가 소리처럼 바람이 불어온다.

어둠 속에 곱게 풍화작용하는
백골을 들여다보며
눈물짓는 것이 내가 우는 것이냐
백골이 우는 것이냐
아름다운 혼이 우는 것이냐

지조 높은 개는
밤을 새워 어둠을 짖는다.

어둠을 짖는 개는
나를 쫓는 것일 게다.

가자 가자
쫓기우는 사람처럼 가자
백골 몰래
아름다운 또 다른 고향에 가자.

1941. 9. 연희전문 4학년 여름방학 직후에 쓴 시. 정병욱에 따르면 본문 중 '풍화작용'이란 말을 놓고, 동주는 시어답지 못하다고 여러 번 고민했다. 결국 고칠 수 있는 적당한 말을 찾지 못해 그대로 두었지만 끝내 만족해하지 않았다고 한다. 결벽에 가까운 그의 창작 태도를 엿보게 하는 대목이다.

길

잃어버렸습니다.
무얼 어디다 잃었는지 몰라
두 손이 주머니를 더듬어
길에 나아갑니다.

돌과 돌과 돌이 끝없이 연달아
길은 돌담을 끼고 갑니다.

담은 쇠문을 굳게 닫아
길 위에 긴 그림자를 드리우고

길은 아침에서 저녁으로
저녁에서 아침으로 통했습니다.

돌담을 더듬어 눈물짓다
쳐다보면 하늘은 부끄럽게 푸릅니다.

풀 한 포기 없는 이 길을 걷는 것은
담 저쪽에 내가 남아 있는 까닭이고,

내가 사는 것은, 다만,
잃은 것을 찾는 까닭입니다.

1941. 9. 31. 하숙집을 이리저리 옮겨 다니던 시절, 졸업을 앞두고 고민 많던 그때, 무엇을 잃었는지도 모르고 '돌담'과 '쇠문'으로 막힌 길 앞에서 눈물짓다 담 저쪽의 '잃은 것'을 찾기 위해 서성이는 모습…… '쳐다보면 하늘은 부끄럽게 푸릅니다'라는 고백이 가슴 시리다.

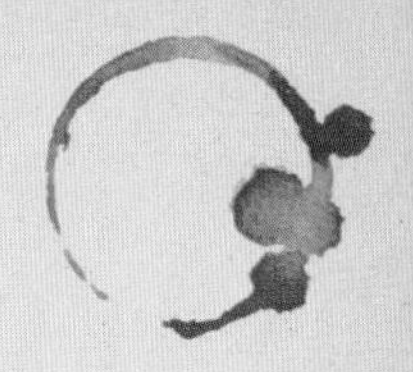

별 헤는 밤

계절이 지나가는 하늘에는
가을로 가득 차 있습니다.

나는 아무 걱정도 없이
가을 속의 별들을 다 헤일 듯합니다.

가슴속에 하나 둘 새겨지는 별을
이제 다 못 헤는 것은
쉬이 아침이 오는 까닭이요,
내일 밤이 남은 까닭이요,
아직 나의 청춘이 다하지 않은 까닭입니다.

별 하나에 추억과
별 하나에 사랑과
별 하나에 쓸쓸함과
별 하나에 동경과
별 하나에 시와
별 하나에 어머니, 어머니,

어머님, 나는 별 하나에 아름다운 말 한마디씩 불러 봅니다. 소학교 때 책상을 같이했던 아이들의 이름과, 패, 경, 옥 이런 이국 소녀들의 이름과 벌써 애기 어머니 된 계집애들의 이름과, 가난한 이웃사람들의 이름과, 비둘기, 강아지, 토끼, 노새, 노루, 프랑시스 잠, 라이너 마리아 릴케 이런 시인의 이름을 불러봅니다.

(다음 페이지로 이어집니다.)

이네들은 너무나 멀리 있습니다.
별이 아슬히 멀듯이,

어머님,
그리고 당신은 멀리 북간도에 계십니다.

나는 무엇인지 그리워
이 많은 별빛이 내린 언덕 위에
내 이름자를 써보고,
흙으로 덮어버리었습니다.

딴은 밤을 새워 우는 벌레는
부끄러운 이름을 슬퍼하는 까닭입니다.

그러나 겨울이 지나고 나의 별에도 봄이 오면
무덤 위에 파란 잔디가 피어나듯이
내 이름자 묻힌 언덕 위에도
자랑처럼 풀이 무성할 게외다.

1941. 11. 5. 연희전문 기숙사를 나와 종로 누상동의 소설가 김송 씨 집에서 하숙할 때 쓴 시. 첫 원고에는 마지막 4행이 없었다. 함께 하숙하던 정병욱이 "어쩐지 끝이 좀 허(虛)한 느낌이 드네요" 했더니, 그 해 11월 자필 시고를 줄 때 "지난번 정 형이 끝 부분이 허하다고 하셨지요. 이렇게 끝에다가 덧붙여 보았습니다"라며 넉 줄을 추가해 주었다고 한다. 이 시구처럼 북간도 용정에 있는 그의 무덤에는 봄마다 파란 잔디가 자랑처럼 무성하게 돋는다. 그러니 시가 현실이 아니고 무엇이랴. 시에 등장하는 '패, 경, 옥'은 명동소학교 졸업 후 10리 길을 통학하며 중국인 학교에 다닐 때 여학생들의 이름이다.

동주가 처음 시집을 묶으려고 준비했던 필사본 시 19편 외에 1948년 정음사가 펴낸 시집 초판본에 추가된 시 12편. 이 가운데 5편은 동주가 일본에서 친구 강처중에게 보내 온 편지 속에 들어 있던 것이고 7편은 유고시다.

남의 나라 육첩방에서 밤비 소리를 들으며 '시가 이렇게 쉽게 씌어지는 것은/ 부끄러운 일'이라며 '시대처럼 올 아침을 기다리는' 식민지 청년의 고뇌가 아릿하다. 고국의 벗에게 보낸 편지 속의 비밀스런 한글 시편들, 광복을 불과 6개월 앞두고 후쿠오카 형무소에서 못다 한 심중의 말을 바람처럼 남기고 간 그의 애환이 초판본에 그대로 담겨 있다.

그러니 2장의 필사 키워드는 '바람'으로 잡아보자.

2장

초판본에 포함된 시

흰 그림자

황혼이 짙어지는 길모금에서
하루 종일 시들은 귀를 가만히 기울이면
땅거미 옮겨지는 발자취 소리,

발자취 소리를 들을 수 있도록
나는 총명했던가요.

이제 어리석게도 모든 것을 깨달은 다음
오래 마음 깊은 속에
괴로워하던 수많은 나를
하나, 둘 제 고장으로 돌려보내면
거리 모퉁이 어둠 속으로
소리 없이 사라지는 흰 그림자,

흰 그림자들
연연히 사랑하던 흰 그림자들,

내 모든 것을 돌려보낸 뒤
허전히 뒷골목을 돌아
황혼처럼 물드는 내 방으로 돌아오면

신념이 깊은 의젓한 양처럼
하루 종일 시름없이 풀포기나 뜯자.

1942. 4. 14. 일본에서 처음 쓴 작품. 1942년 도쿄의 기독교계 릿쿄대학에 입학한 직후의 시다. 이 시를 비롯해 「흐르는 거리」(5. 12.)와 「사랑스런 추억」(5. 13.)을 쓰면서 애상과 향수에 젖어 있던 그는 6월 3일 마지막 작품인 「쉽게 씌어진 시」를 쓰면서 '시대처럼 올 아침을 기다리는 최후'의 자신을 추슬렀다. '길모금'은 길목.

사랑스런 추억

봄이 오던 아침, 서울 어느 쪼그만 정거장에서
희망과 사랑처럼 기차를 기다려,

나는 플랫폼에 간신한 그림자를 떨어트리고,
담배를 피웠다.

내 그림자는 담배 연기 그림자를 날리고,
비둘기 한 떼가 부끄러울 것도 없이
나래 속을 속, 속, 햇빛에 비춰, 날았다.

기차는 아무 새로운 소식도 없이
나를 멀리 실어다 주어,

봄은 다 가고— 동경 교외 어느 조용한 하숙방에서,
옛 거리에 남은 나를 희망과 사랑처럼 그리워한다.

오늘도 기차는 몇 번이나 무의미하게 지나가고,

오늘도 나는 누구를 기다려 정거장 가까운
언덕에서 서성거릴 게다.

—아아 젊음은 오래 거기 남아 있거라.

1942. 5. 13. 일본 도쿄 교외의 하숙방에서 썼다. 지난 봄 '서울 어느 쪼그만 정거장에서 희망과 사랑처럼 기차를 기다'리던 그가 이제는 타국에서 '옛 거리에 남은 나'를 희망과 사랑처럼 그리워하고 있다. 봄은 다 가고, 기다리는 소식은 오지 않고, 기차는 무심히 지나가기만 하는데 그는 오늘도 정거장 가까운 언덕에서 서성거리고 있으니, 추억은 사랑스럽고 그리움은 아련하기만 하다.

흐르는 거리

으스름히 안개가 흐른다. 거리가 흘러간다.

저 전차, 자동차, 모든 바퀴가 어디로 흘리워 가는 것일까? 정박할 아무 항구도 없이, 가련한 많은 사람들을 싣고서, 안개 속에 잠긴 거리는,

거리 모퉁이 붉은 포스트 상자를 붙잡고, 섰으려면 모든 것이 흐르는 속에 어렴풋이 빛나는 가로등, 꺼지지 않는 것은 무슨 상징일까? 사랑하는 동무 박(朴)이여! 그리고 김(金)이여! 자네들은 지금 어디 있는가? 끝없이 안개가 흐르는데,

'새로운 날 아침 우리 다시 정답게 손목을 잡아 보세' 몇 자 적어 포스트 속에 떨어트리고, 밤을 새워 기다리면 금휘장에 금단추를 삐였고 거인처럼 찬란히 나타나는 배달부, 아침과 함께 즐거운 내림(來臨),

이 밤을 하염없이 안개가 흐른다.

1942. 5. 12. 밤새도록 걷히지 않는 안개에 잠겨 하염없이 흘러가는 사람들과 바퀴들. 무채색의 희미한 도시 한 모퉁이에 붉은 우체통이 보인다. 그 속으로 고향 친구들에게 엽서 한 장을 써서 부치고, 시인은 금단추를 달고 아침 햇살처럼 나타날 배달부를 기다린다. 한 폭의 수묵화 같은 배경 사이로 빨간 우체통 하나가 도드라지는 흑백 속의 컬러 영상과 같은 모습이다.

쉽게 씌어진 시

창밖에 밤비가 속살거려
육첩방은 남의 나라,

시인이란 슬픈 천명인 줄 알면서도
한 줄 시를 적어볼까,

땀내와 사랑내 포근히 품긴
보내 주신 학비 봉투를 받아

대학 노트를 끼고
늙은 교수의 강의 들으러 간다.

생각해 보면 어린 때 동무를
하나, 둘, 죄다 잃어버리고

나는 무얼 바라
나는 다만, 홀로 침전하는 것일까?

(다음 페이지로 이어집니다.)

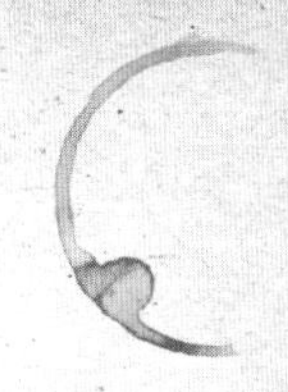

인생은 살기 어렵다는데
시가 이렇게 쉽게 씌어지는 것은
부끄러운 일이다.

육첩방은 남의 나라,
창밖에 밤비가 속살거리는데,

등불을 밝혀 어둠을 조금 내몰고,
시대처럼 올 아침을 기다리는 최후의 나,

나는 나에게 작은 손을 내밀어
눈물과 위안으로 잡는 최초의 악수.•

1942. 6. 3. 육첩방은 다다미 여섯 장을 깐 정도의 좁은 방. 일본 다도에서 차 마시는 다실을 '다다미 넉 장 반'이라고 표현하듯이 지극히 소박한 규모를 말한다. 그는 도쿄 교외에 있는 2층집에서 하숙했는데, 당시 그곳을 방문한 문익환 목사는 "그 집 2층의 하숙방은 그야말로 육첩방이었다"라고 회고하며 "그때 동주는 교토로 옮겨 가려고 이삿짐을 싸고 있었다"고 말했다.
이 시는 그가 후쿠오카 형무소에서 죽은 지 2년 만인 1947년 2월 13일자 〈경향신문〉에 정지용의 소개 글과 함께 발표됐다. 사흘 뒤인 2월 16일 정지용을 비롯한 30여 명이 소공동 플라워 회관에서 동주의 기일에 맞춰 추도회를 가졌다.

봄 2

봄이 혈관 속에 시내처럼 흘러
돌, 돌, 시내 가까운 언덕에
개나리, 진달래, 노—란 배추꽃,

삼동을 참아온 나는
풀포기처럼 피어난다.

즐거운 종달새야
어느 이랑에서나 즐거웁게 솟쳐라.

푸른 하늘은
아른, 아른, 높기도 한데……

1942. 6.(추정) 릿쿄대학 입학 첫 해 도쿄에서 쓴 작품. 친구 강처중에게 보낸 편지 속의 시 5편 중 하나다. 원본 편지지에 릿쿄대학 마크가 인쇄돼 있어 눈길을 끈다. 유학 첫 해여서인지 동주의 시 중에서는 놀랍도록 화사하고 밝은 분위기를 띠고 있다. 1936년 광명중학 시절에 쓴 「봄」과 구분하기 위해 편의상 「봄 2」라고 한다.

밤

외양간 당나귀
아—앙 외마디 울음 울고,

당나귀 소리에
으—아 아 애기 소스라쳐 깨고,

등잔에 불을 다오.

아버지는 당나귀에게
짚을 한 키 담아 주고,

어머니는 애기에게
젖을 한 모금 먹이고,

밤은 다시 고요히 잠드오.

1937. 3. 스무 살 광명학원 중학부 졸업반 봄에 쓴 시. 당나귀에게 짚을 한 키 주고, 애기에게 젖을 한 모금 먹이고, 다시 고요한 잠에 드는 시골집의 한밤 풍경이 그려진다.

유언

훤한 방에
유언은 소리 없는 입놀림.

—바다에 진주 캐러 갔다는 아들
해녀와 사랑을 속삭인다는 맏아들
이 밤에사 돌아오나 내다봐라—

평생 외롭던 아버지의 운명(殞命)
감기우는 눈에 슬픔이 어린다.

외딴집에 개가 짖고
휘양찬 달이 문살에 흐르는 밤.

1937. 10. 24. 광명중학 5학년 가을에 쓴 시를 연희전문 2학년 때인 1939년 2월 6일 〈조선일보〉 학생란에 발표한 것.

아우의 인상화 印象畵

붉은 이마에 싸늘한 달이 서리어
아우의 얼굴은 슬픈 그림이다.

발걸음을 멈추어
살그머니 앳된 손을 잡으며
"너는 자라 무엇이 되려니"

"사람이 되지"
아우의 설운 진정코 설운 대답이다.

슬며시 잡았던 손을 놓고
아우의 얼굴을 다시 들여다본다.

싸늘한 달이 붉은 이마에 젖어,
아우의 얼굴은 슬픈 그림이다.

1938. 9. 15. 〈조선일보〉 1938년 10월 17일자 학생란에 발표한 시. 연희전문 1학년 여름방학 때 고향에서 동생들과 함께했던 일을 그렸다. 그는 서울에서 동생들에게 월간 『소년』이라는 어린이잡지와 『아동문학전집』 등을 우편으로 보내며 동생들을 챙겼다.

위로

거미란 놈이 흉한 심보로 병원 뒤뜰 난간과 꽃밭 사이 사람 발이 잘 닿지 않는 곳에 그물을 쳐놓았다. 옥외 요양을 받는 젊은 사나이가 누워서 쳐다보기 바르게—

나비가 한 마리 꽃밭에 날아들다 그물에 걸리었다. 노란 날개를 파득거려도 파득거려도 나비는 자꾸 감기우기만 한다. 거미가 쏜살같이 가더니 끝없는 끝없는 실을 뽑아 나비의 온몸을 감아버린다. 사나이는 긴 한숨을 쉬었다.

나이보담 무수한 고생 끝에 때를 잃고 병을 얻은 이 사나이를 위로할 말이— 거미줄을 헝클어버리는 것밖에 위로의 말이 없었다.

1940. 12. 3. 이 무렵 쓴 「팔복」, 「병원」과 함께 병든 시대, 거미줄에 얽힌 나비 같은 신세를 이렇게 상징화했다.

간

바닷가 햇빛 바른 바위 위에
습한 간을 펴서 말리우자,

코카서스 산중에서 도망해 온 토끼처럼
둘러리를 빙빙 돌며 간을 지키자.

내가 오래 기르던 여윈 독수리야!
와서 뜯어 먹어라, 시름없이

너는 살지고
나는 여위어야지, 그러나,

거북이야!
다시는 용궁의 유혹에 안 떨어진다.

프로메테우스 불쌍한 프로메테우스
불 도적한 죄로 목에 맷돌을 달고
끝없이 침전하는 프로메테우스.

1941. 11. 29. 동주가 자선시집 출판을 단념하고 난 뒤에 피 흘리듯 쓴 시. 일본 검열에 통과하지 못할 것은 물론이고 신변에 위험까지 따를 것이라는 스승 이양하의 만류로 서울에서 시집을 내는 건 포기했지만, 속에서 끓어오르는 분노와 좌절을 스스로 달래지 않을 수 없었으리라. 이 시를 쓴 지 9일 만에 '태평양 전쟁'이 터지고 전시체제에 따라 1942년 3월에 있을 졸업식을 석 달 앞당겨 1941년 12월 27일에 동주는 졸업했다.

거리의 소음과 노래 부를 수 없도다。
그신 듯이 냇가에 앉았으니
사랑과 일을 거리에 맡기고
가만히 가만히
바다로 가자、
바다로 가자。

1939. 9.(추정) 거리는 수많은 옷자락으로 물결을 이루는데 이 밤 더불어 말할 사람이 없는 괴로움. 그래도 그는 사랑과 일을 거리에 맡기고 가슴 깊이 흐르는 샘물과 함께 가만히 가만히 바다로 가자며 손을 내민다.

산골 물

괴로운 사람아 괴로운 사람아
옷자락 물결 속에서도
가슴속 깊이 돌돌 샘물이 흘러
이 밤을 더불어 말할 이 없도다。

참회록

파란 녹이 낀 구리거울 속에
내 얼굴이 남아 있는 것은
어느 왕조의 유물이기에
이다지도 욕될까.

나는 나의 참회의 글을 한 줄에 줄이자.
—만 이십사 년 일 개월을
무슨 기쁨을 바라 살아왔던가

내일이나 모레나 그 어느 즐거운 날에
나는 또 한 줄의 참회록을 써야 한다.
—그때 그 젊은 나이에
왜 그런 부끄런 고백을 했던가.

밤이면 밤마다 나의 거울을
손바닥으로 발바닥으로 닦아 보자

그러면 어느 운석 밑으로 홀로 걸어가는
슬픈 사람의 뒷모양이
거울 속에 나타나 온다.

1942. 1. 24. 동주의 시 중에서 가장 강력한 저항시로 꼽힌다. 연전 졸업 때까지도 창씨개명을 하지 않고 버티던 그는 일본 유학을 위해 몽규와 함께 일본식 이름으로 바꿔야 했다. 1942년 1월 29일 창씨개명계를 제출하기 닷새 전에 그는 이 '참회록'을 써놓고 뼈아픈 오욕의 역사 앞에 '부끄런 고백'을 했다. 그의 생일이 1917년 12월 30일이니 이때가 '만 이십사 년 일 개월' 되는 시기였다.

밤이면 밤마다 손바닥으로 발바닥으로 녹이 낀 구리거울을 닦자며 이다지도 욕된 시대에 참회의 글을 한 줄에 줄이자는 다짐이 참담하게 다가온다.
그가 이 시를 쓴 종이의 여백에 '시인의 고백, 도항증명, 상급, 힘, 생, 생존, 생활, 문학, 시란? 부지도(不知道), 고경(古鏡), 비애 금물' 같은 글을 적어 놓은 걸 보면 더욱 가슴이 아리다.

1936년에서 1939년 9월까지 쓴 작품을 담은 원고 노트 『창(窓)』에 수록된 시 가운데 정본 45편을 정리했다. 이보다 먼저 쓴 원고 노트 『나의 습작기(習作期)의 시(詩) 아닌 시(詩)』에서 옮겨 온 작품도 많다. 「울적」, 「야행」, 「비 뒤」, 「어머니」, 「가로수」 같은 시 역시 여기에 속한다.
동주가 열아홉 살 때부터 스물두 살 때까지 쓴 시가 대부분이다. 그 전에 쓴 시 중에서 꼼꼼히 고치고 제목을 바꾼 작품들도 실려 있다.

3장의 필사 키워드는 '별'. 오늘 밤에도 별이 바람에 스치우는 그때 그 풍경처럼, 별을 노래하는 마음으로 모든 죽어가는 것을 사랑하는 동주의 각오처럼, 우리에게 건네진 여백에 그의 시를 한땀한땀 수놓으며……

3장

원고 노트
『창(窓)』에 수록된 시

황혼

햇살은 미닫이 틈으로
길쭉한 일자(一字)를 쓰고…… 지우고……

까마귀 떼 지붕 위로
둘, 둘, 셋, 넷, 자꾸 날아 지난다.
쑥쑥, 꿈틀꿈틀 북쪽 하늘로,

내사……
북쪽 하늘에 나래를 펴고 싶다.

1936. 3. 25. 평양에서. 까마귀가 '하나, 둘, 셋'이 아니라 '둘, 둘, 셋' 날아간다는 표현이 재미있다. 맨손체조 때 후렴구가 떠올라 빙긋 웃는다. 노을 지는 하늘에 '쑥쑥, 꿈틀꿈틀 북쪽'으로 날아가는 까마귀 떼처럼 저도 '북쪽 하늘에 나래를 펴고 싶다'니 새와 내가 하나다. 길게 일자(一字)를 썼다 지우는 새들의 행렬이 한 폭의 풍경화 같다. 필사하다 그림까지 그리고 싶어질 듯.

가슴 1

소리 없는 북
답답하면 주먹으로
뚜드려 보오.

그래 봐도
후—
가는 한숨보다 못하오.

1936. 3. 25. 평양에서.

가슴 2

늦은 가을 쓰르라미
숲에 싸여 공포에 떨고,

웃음 웃는 흰 달 생각이
도망가오.

1936. 3. 25.

가슴 3

불 꺼진 화독을
안고 도는 겨울밤은 깊었다.

재(灰)만 남은 가슴이
문풍지 소리에 떤다.

1936. 7. 24. '화독'은 화덕, 화로.

산山 상上

거리가 바둑판처럼 보이고,
강물이 배암이 새끼처럼 기는
산 위에까지 왔다.
아직쯤은 사람들이
바둑돌처럼 벌여 있으리라.

한나절의 태양이
함석지붕에만 비치고,
굼벵이 걸음을 하던 기차가
정거장에 섰다가 검은 내를 토하고
또, 걸음발을 탄다.

텐트 같은 하늘이 무너져
이 거리를 덮을까 궁금하면서
좀 더 높은 데로 올라가고 싶다.

1936. 5. '벌여'는 여기저기 나뉘어 있는 형태.

양지쪽

저쪽으로 황토 실은 이 땅 봄바람이
호인(胡人)의 물레바퀴처럼 돌아 지나고、

아롱진 사월 태양의 손길이
벽을 등진 설운 가슴마다 올올이 만진다。

지도째기 놀음에 뉘 땅인 줄 모르는 애 둘이、
한 뼘 손가락이 짧음을 한(限)함이여、

아서라! 가뜩이나 엷은 평화가、
깨어질까 근심스럽다。

1936. 봄. 땅뺏기 놀이를 하고 있는 두 아이의 모습이 당시 시대상을 상징한다. '가뜩이나 엷은 평화'는 얼마 안 가서 깨지고 곧 중일전쟁이 터진다.

산림 山林

시계가 자근자근 가슴을 때려
하잔한 마음을 산림이 부른다.

천년 오래인 연륜에 짜든 유적(幽寂)한 산림이
고달픈 한 몸을 포옹할 인연을 가졌나 보다.

산림의 검은 파동 위로부터
어둠은 어린 가슴을 짓밟는다.

발걸음을 멈추어
하나, 둘, 어둠을 헤아려 본다
아득하다

문득 이파리를 흔드는 저녁 바람에
솨— 무섬이 옮아오고

멀리 첫여름의 개구리 재질댐에
흘러간 마을의 과거가 아질타.

가지, 가지 사이로 반짝이는 별들만이
새날의 향연으로 나를 부른다.

1936. 6. 26. 「산림」이라는 시는 여러 편인데, 원본 확인과 정본 확정 과정에서 이 시를 정본으로 삼았다.

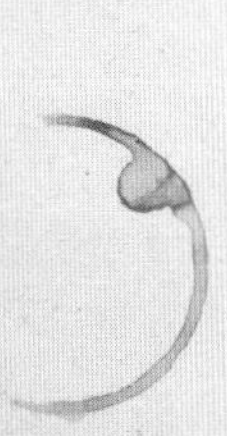

남쪽 하늘

제비는 두 나래를 가지었다.
스산한 가을날—

어머니의 젖가슴이 그리운
서리 내리는 저녁—
어린 영(靈)은 쪽나래의 향수를 타고
남쪽 하늘에 떠돌 뿐—

1935. 10. 평양에서. '쪽나래'는 작은 날개.

빨래

빨랫줄에 두 다리를 드리우고
흰 빨래들이 귓속 이야기 하는 오후.

쨍쨍한 칠월 햇발은 고요히도
아담한 빨래에만 달린다.

1936.

닭 1

한 칸 계사(鷄舍) 그 너머 창공이 깃들어
자유의 향토를 잊은 닭들이
시들은 생활을 주절대고,
생산의 고로(苦勞)를 부르짖었다.

음산한 계사에서 쏠려 나온
외래종 레그혼,
학원에서 새 무리가 밀려 나오는
삼월의 맑은 오후도 있다

닭들은 녹아드는 두엄을 파기에
아담한 두 다리가 분주하고
굶주렸던 주두리가 바지런하다.
두 눈이 붉게 여물도록—

1936. 봄. '주두리'는 주둥이의 북녘 말.

가을밤

궂은비 내리는 가을밤
벌거숭이 그대로
잠자리에서 뛰쳐나와
마루에 쭈그리고 서서
아인 양하고
솨— 오줌을 쏘오。

1936. 10. 23. 밤에 쓴 시라고 밝혀놓았다. 그야말로 '궂은비 내리는 가을밤' 자다 말고 나와 마루에서 아이처럼 오줌을 쏘는 모습이 앙증맞기까지 하다. 첫 노트에서는 '아인 양'이라는 제목이었는데 두 번째 원고 노트 『창(窓)』에서 '가을밤'으로 제목이 바뀌었다.

곡간 谷間

산들이 두 줄로 줄달음질 치고
여울이 소리쳐 목이 잦았다.
한여름의 햇님이 구름을 타고
이 골짜기를 빠르게도 건너련다.

산등어리에 송아지 뿔처럼
울뚝불뚝히 어린 바위가 솟고,
얼룩소의 보드라운 털이
산등서리에 퍼—렇게 자랐다.

삼 년 만에 고향 찾아드는
산골 나그네의 발걸음이
타박타박 땅을 고눈다.
벌거숭이 두루미 다리같이……

헌 신짝이 지팡이 끝에
모가지를 매달아 늘어지고,
까치가 새끼의 날발을 태우려
푸르룩 저 산에 날 뿐 고요하다.

갓 쓴 양반 당나귀 타고 모른 척 지나고,
이 땅에 드물던 말 탄 섬나라 사람이
길을 묻고 지남이 이상한 일이다.
다시 골짝은 고요하다 나그네의 마음보다.

1936. 여름. 마지막 연은 당시 시대 상황을 풍자한 것이다. 이런저런 사정으로 자기검열하듯 삭제했던 흔적이 있지만, 이 부분을 살리는 게 시의 본뜻에도 맞다. 따라 쓸 때도 그런 심중을 느끼면서 해 보자.

겨울

처마 밑에
시래기 다람이
바삭바삭
춥소。

길바닥에
말똥 동그라미
달랑달랑
어오。

1936. 겨울.

황혼이 바다가 되어

하루도 검푸른 물결에
흐느적 잠기고…… 잠기고……

저— 웬 검은 고기 떼가
물든 바다를 날아 횡단할꼬.

낙엽이 된 해초
해초마다 슬프기도 하오.

서창에 걸린 해말간 풍경화,
옷고름 너어는 고아의 설움.

이제 첫 항해하는 마음을 먹고
방바닥에 나뒹구오…… 뒹구오……

황혼이 바다가 되어
오늘도 수많은 배가
나와 함께 이 물결에 잠겼을 게오.

1937. 1. 이 시는 첫 번째 원고노트에선 '황혼'이라는 제목으로 들어 있다. '너어는'은 '깨무는'의 북녘 말.

1937. 3. 10. 왜떡은 밀가루나 쌀가루를 반죽해 얇게 늘여서 구운 과자.
'씁은'은 맛이 쓴.

장

이른 아침 아낙네들은 시든 생활을
바구니 하나 가득 담아 이고……
업고 지고…… 안고 들고……
모여드오. 자꾸 장에 모여드오.

가난한 생활을 골골이 벌여놓고
밀려가고…… 밀려오고……
저마다 생활을 외치오…… 싸우오.

왼 하루 올망졸망한 생활을
되질하고 저울질하고 자질하다가
날이 저물어 아낙네들이
씁은 생활과 바꾸어 또 이고 돌아가오.

1937. 봄. '씁은'은 쓴.

풍경

봄바람을 등진 초록빛 바다
쏟아질 듯 쏟아질 듯 위태롭다.

잔주름 치마폭의 두둥실거리는 물결은,
오스라질 듯 한껏 경쾌롭다.

마스트 끝에 붉은 깃발이
여인의 머리칼처럼 나부낀다.

이 생생한 풍경을 앞세우며 뒤세우며
왼 하루 거닐고 싶다.

—우중충한 오월 하늘 아래로,
—바다 빛 포기포기에 수놓은 언덕으로,

1937. 5. 29.

달밤

흐르는 달의 흰 물결을 밀쳐
여윈 나무 그림자를 밟으며,
북망산을 향한 발걸음은 무거웁고
고독을 반려(伴侶)한 마음은 슬프기도 하다.

누가 있어만 싶던 묘지엔 아무도 없고,
정적만이 군데군데 흰 물결에 폭 젖었다.

1937. 4. 15.

울적

처음 피워 본 담배맛은
아침까지 목 안에서 간질간질타.

어젯밤에 하도 울적하기에
가만히 한 대 피워 보았더니.

1937. 6.

寒 暖 計

한란계

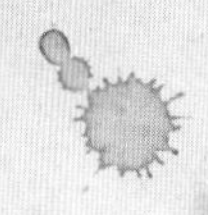

싸늘한 대리석 기둥에 모가지를 비틀어 맨 한란계,
문득 들여다볼 수 있는 운명한 오 척 육 촌의 허리 가는 수은주,
마음은 유리관보다 맑소이다.

혈관이 단조로워 신경질인 여론 동물
가끔 분수 같은 냉(冷)침을 억지로 삼키기에,
정력을 낭비합니다.

영하로 손가락질할 수돌네 방처럼 추운 겨울보다
해바라기가 만발할 팔월 교정이 이상(理想) 곱소이다
피끓을 그날이—

어제는 막 소낙비가 퍼붓더니 오늘은 좋은 날씨올시다.
동저고리 바람에 언덕으로, 숲으로 하시구려—
이렇게 가만가만 혼자서 귓속 이야기를 하였습니다.
나는 또 내가 모르는 사이에—

나는 아마도 진실한 세기의 계절을 따라,
하늘만 보이는 울타리 안을 뛰쳐,
역사 같은 포지션을 지켜야 봅니다.

1937. 7. 1.

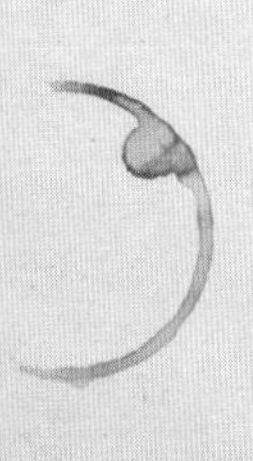

그 여자

함께 핀 꽃에 처음 익은 능금은
먼저 떨어졌습니다.

오늘도 가을바람은 그냥 붑니다.

길가에 떨어진 붉은 능금은
지나던 손님이 집어 갔습니다.

1937. 7. 26.

야夜 행行

정각! 마음이 아픈 데 있어 고약을 붙이고
시들은 다리를 끄을고 떠나는 행장,
—기적이 들리잖게 운다.
사랑스런 여인이 타박타박 땅을 굴려 쫓기에
하도 무서워 상가교를 기어 넘다.
—이제로부터 등산철도,
이윽고 사색의 포플러 터널로 들어간다.
시라는 것을 반추하다. 마땅히 반추하여야 한다.
—저녁 연기가 놀로 된 이후.
휘파람 부는 햇귀뚜라미의
노래는 마디마디 끊어져
그믐달처럼 호젓하게 슬프다.
늬는 노래 배울 어머니도 아버지도 없나 보다.
—늬는 다리 가는 쪼그만 보헤미안,
내사 보리밭 동리에 어머니도
누나도 있다.
그네는 노래 부를 줄 몰라
오늘밤도 그윽한 한숨으로 보내리니—
그믐달아! 나와 같이 다음 날 아침에 도착하자!

1937. 7. 26.

비 뒤

"어— 얼마나 반가운 비냐。"
할아버지의 즐거움。

가물 들었던 곡식 자라는 소리
할아버지 담배 빠는 소리와 같다。

비 뒤의 햇살은
풀잎에 아름답기도 하다。

1937. 7~8.(추정)

비애

호젓한 세기의 달을 따라
알 듯 모를 듯 한데로 거닐과저!

아닌 밤중에 튀기듯이
잠자리를 뛰쳐
끝없는 광야를 홀로 거니는
사람의 심사는 외로우려니

아— 이 젊은이는
피라미드처럼 슬프구나

1937. 8. 18.

명상

가칠가칠한 머리칼은 오막살이 처마 끝,
휘파람에 콧마루가 서운한 양 간질키오.

들창 같은 눈은 가볍게 닫혀,
이 밤에 연정은 어둠처럼 골골이 스며드오.

1937. 8. 20.

창

쉬는 시간마다
나는 창녘으로 합니다.

—창은 산 가르침.

이글이글 불을 피워주소,
이방에 찬 것이 서립니다.

단풍잎 하나
맴도나 보니
아마도 자그만한 선풍이 인 게외다.

그래도 싸느란 유리창에
햇살이 쨍쨍한 무렵,
상학종이 울어만 싶습니다.

1937. 10. '합니다'는 '향합니다'와 '갑니다'의 북녘 표현.

바다

실어다 뿌리는
바람조차 씨원타.

소나무 가지마다 새침히
고개를 돌리어 뻐드러지고,

밀치고
밀치운다.

이랑을 넘는 물결은
폭포처럼 피어오른다

해변에 아이들이 모인다
찰찰 손을 씻고 구부로,

바다는 자꾸 섧어진다,
갈매기의 노래에……

돌아다보고 돌아다보고
돌아가는 오늘의 바다여!

1937. 9. 광명 재학 중 수학여행으로 금강산과 원산 송도원 해수욕장을 다녀오면서 쓴 시. 송도원에서 썼다는 메모가 있다. '구부(丘阜)'는 언덕.

산협의 오후 (山峽)

내 노래는 오히려
설운 산울림。

골짜기 길에
떨어진 그림자는
너무나 슬프구나。

오후의 명상은
아— 졸려。

1937. 9.

어머니

어머니!
젖을 빨려 이 마음을 달래어 주시오.
이 밤이 자꾸 설워지나이다.

이 아이는 턱에 수염자리 잡히도록
무엇을 먹고 자랐나이까?
오늘도 흰 주먹이
입에 그대로 물려 있나이다.

어머니
부서진 납인형도 싫어진 지
벌써 오랩니다.

철비가 후줄군히 내리는 이 밤을
주먹이나 빨면서 새우리까?
어머니! 그 어진 손으로
이 울음을 달래어 주시오.

1938. 5. 28.

소낙비

번개, 뇌성, 왁자지근 뚜드려
먼 도회지에 낙뢰가 있어만 싶다.

벼룻장 엎어 놓은 하늘로
살 같은 비가 살처럼 쏟아진다.

손바닥만 한 나의 정원이
마음같이 흐린 호수되기 일쑤다.

바람이 팽이처럼 돈다.
나무가 머리를 이루 잡지 못한다.

내 경건한 마음을 모셔 들여
노아 때 하늘을 한 모금 마시다.

1937. 8. 9. '벼룻장'은 벼룻집의 사투리.

가로수

가로수、 단출한 그늘 밑에
구두술 같은 혓바닥으로
무심히 구두술을 핥는 시름。

때는 오정。 싸이렌、
어디로 갈 것이냐?

□시 그늘은 맴돌고。
따라 사나이도 맴돌고。

1938. 6. 1. '구두술'은 구둣주걱의 북녘 말. 마지막 앞줄의 □ 부분은 알아볼 수 없는 글자.

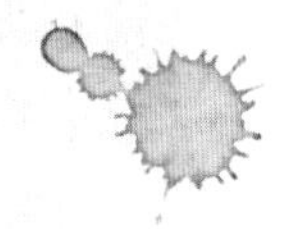

비 오는 밤

솨— 철석! 파도 소리 문살에 부서져
잠 살포시 꿈이 흩어진다.

잠은 한낱 검은 고래 떼처럼 설레어,
달랠 아무런 재주도 없다.

불을 밝혀 잠옷을 정성스레 여미는
삼경.
염원.

동경(憧憬)의 땅 강남에 또 홍수질 것만 싶어,
바다의 향수보다 더 호젓해진다.

1938. 6. 11.

사랑의 전당

순아 너는 내 전(殿)에 언제 들어왔던 것이냐?
내사 언제 네 전에 들어갔던 것이냐?

우리들의 전당은
고풍한 풍습이 어린 사랑의 전당

순아 암사슴처럼 수정 눈을 내려 감아라.
난 사자처럼 엉크린 머리를 고루련다.

우리들의 사랑은 한낱 벙어리였다.

청춘!
성스런 촛대에 열(熱)한 불이 꺼지기 전
순아 너는 앞문으로 내달려라.

어둠과 바람이 우리 창에 부닥치기 전
나는 영원한 사랑을 안은 채
뒷문으로 멀리 사라지련다.

이제
네게는 삼림 속의 아늑한 호수가 있고,
내게는 준험한 산맥이 있다.

1938. 6. 19. 동주가 '순이'라는 여성을 처음으로 등장시켜 사랑의 아픔을 노래한 시.

Papaveraceae.
Papaver Rhoeas L.

이적 異蹟

발에 터분한 것을 다 빼어 버리고
황혼이 호수 위로 걸어오듯이
나도 사뿐사뿐 걸어 보리이까?

내사 이 호숫가로
부르는 이 없이
불리어 온 것은
참말 이적이외다.

오늘따라
연정(戀情), 자홀(自惚), 시기(猜忌) 이것들이
자꾸 금메달처럼 만져지는구려

하나, 내 모든 것을 여념 없이,
물결에 써서 보내려니
당신은 호면(湖面)으로 나를 불러내소서.

1938. 6. 19. 동주 최초의 기독교적인 시. 『마태복음』에 나오는 예수가 베드로와 함께 물 위를 걸었던 이적을 얘기하고 있다.

코스모스

청초한 코스모스는
오직 하나인 나의 아가씨,

달빛이 싸늘히 추운 밤이면
옛 소녀가 못 견디게 그리워
코스모스 핀 정원으로 찾아간다.

코스모스는
귀또리 울음에도 수줍어지고,

코스모스 앞에 선 나는
어렸을 적처럼 부끄러워지나니,

내 마음은 코스모스의 마음이요
코스모스의 마음은 내 마음이다.

1938. 9. 20.

고추밭

시들은 잎새 속에서
고 빨—간 살을 드러내 놓고,
고추는 방년된 아가씬 양
땍볕에 자꾸 익어간다。

할머니는 바구니를 들고
밭머리에서 어정거리고
손가락 너어는 아이는
할머니 뒤만 따른다。

1938. 10. 26. '땍볕'은 되약볕, '너어는'은 깨무는.

비로봉

만상을
굽어보기란—

무릎이
오들오들 떨린다.

백화(白樺)
어려서 늙었다.

새가
나비가 된다

정말 구름이
비가 된다.

옷자락이
춥다.

1937. 9. 광명 재학 중 금강산으로 수학여행을 다녀오면서 썼다.

햇빛、바람

손가락에 침 발라
쏘—ㄱ、쏙、쏙
장에 가는 엄마 내다보려
문풍지를
쏘—ㄱ、쏙、쏙

아침에 햇빛이 반짝

손가락에 침 발라
쏘—ㄱ、쏙、쏙
장에 가신 엄마 돌아오나
문풍지를
쏘—ㄱ、쏙、쏙

저녁에 바람이 솔솔。

1938.(추정)

해바라기 얼굴

누나의 얼굴은
해바라기 얼굴
해가 금방 뜨자
일터에 간다。

해바라기 얼굴은
누나의 얼굴
얼굴이 숙어들어
집으로 온다。

1938. '숙어들어'는 수그러들어.

애기의 새벽

우리 집에는
닭도 없단다.
다만
애기가 젖 달라 울어서
새벽이 된다.

우리 집에는
시계도 없단다.
다만
애기가 젖 달라 보채어
새벽이 된다.

1938.(추정) 시인의 퇴고 과정을 볼 수 있는 메모가 있다. 거기엔 '애기가 울어서/ 새벽이 된다./ 우리 집에는/ 닭도 없는데.// 애기가 보채어/ 새벽이 된다./ 우리 집에는/ 시계도 없는데.'라고 씌어 있다. 비교해 가면서 읽으면 시상과 표현이 어떻게 변했는지 느낄 수 있다.

귀뚜라미와 나와

귀뚜라미와 나와
잔디밭에서 이야기했다.

귀뚤귀뚤
귀뚤귀뚤

아무에게도 알려 주지 말고
우리 둘만 알자고 약속했다.

귀뚤귀뚤
귀뚤귀뚤

귀뚜라미와 나와
달 밝은 밤에 이야기했다.

1938.(추정)

산울림

까치가 울어서
산울림,
아무도 못 들은
산울림.

까치가 들었다
산울림,
저 혼자 들었다,
산울림.

1938. 5. 연희전문 1학년 때 쓴 동시 5편 중 한 편. 이 시를 월간 『소년』에 발표한 것을 계기로 당시 편집인인 동요 시인 윤석중 씨를 만났고, 처음으로 원고료도 받았다. 이 해에 5편을 쓴 후에는 동시를 한 편도 쓰지 않았다. 이렇게 맑고 아름다운 산울림의 동심을 잃어버린 것일까. 시대의 그늘이 그의 마음을 가린 것일까.

달같이

연륜이 자라듯이
달이 자라는 고요한 밤에
달같이 외로운 사랑이
가슴 하나 뻐근히
연륜처럼 피어 나간다.

1939. 9.

장미 병들어

장미 병들어
옮겨 놓을 이웃이 없도다.

달랑달랑 외로이
황마차 태워 산에 보낼거나

뚜— 구슬피
화륜선 태워 대양에 보낼거나

프로펠러 소리 요란히
비행기 태워 성층권에 보낼거나

이것저것
다 그만두고

자라가는 아들이 꿈을 깨기 전,
이내 가슴에 묻어다오.

1939. 9.

투르게네프의 언덕

1939. 9. 초간본 출간 때 산문으로 분류됐지만 풍자미가 뛰어난 산문시가 맞다. 동주도 제목 위에 한자로 '산문시(散文詩)'라고 적어 놨다. 투르게네프의 산문시 「거지」를 모체로 하고 있다는 점에서 더욱 그렇다. 값싼 동정과 싸구려 형제애를 내세운 자기기만적 위선을 조롱한 것도 닮았다. 동주는 이 시를 쓴 뒤로 1940년 12월까지 시를 한 편도 쓰지 않고 절필의 시기를 보냈다. 이 시기에 창씨개명령이 있었고 유럽에서는 2차 세계대전이 터졌다.

나는 고갯길을 넘고 있었다…… 그때 세 소년 거지가 나를 지나쳤다.

첫째 아이는 잔등에 바구니를 둘러메고, 바구니 속에는 사이다병, 간즈메통, 쇳조각, 헌 양말짝 등 폐물이 가득하였다.

둘째 아이도 그러하였다.

셋째 아이도 그러하였다.

텁수룩한 머리털, 시커먼 얼굴에 눈물 고인 충혈된 눈, 색 잃어 푸르스름한 입술, 너덜너덜한 남루, 찢겨진 맨발,

아— 얼마나 무서운 가난이 이 어린 소년들을 삼키었느냐!

나는 측은한 마음이 움직이었다.

나는 호주머니를 뒤지었다. 두툼한 지갑, 시계, 손수건…… 있을 것은 죄다 있었다.

그러나 무턱대고 이것들을 내줄 용기는 없었다. 손으로 만지작 만지작거릴 뿐이었다.

다정스레 이야기나 하리라 하고 "얘들아" 불러보았다.

첫째 아이가 충혈된 눈으로 흘끔 돌아다볼 뿐이었다.

둘째 아이도 그러할 뿐이었다.

셋째 아이도 그러할 뿐이었다.

그리고는 너는 상관없다는 듯이 자기네끼리 소근소근 이야기하면서 고개로 넘어갔다.

언덕 위에는 아무도 없었다.

짙어가는 황혼이 밀려들 뿐—

1934년 12월부터 1937년 3월까지 쓴 원시를 모은 노트 『나의 습작기(習作期)의 시(詩) 아닌 시(詩)』에서 또 다른 원고 노트 『창(窓)』에 옮기거나 개작한 시를 뺀 작품 42편을 모았다. 동시와 동요가 많이 포함돼 있다.

4장의 필사 키워드는 '시'다. 열일곱 시절부터 쓴 작품들. 정지용 시인의 동시에 반해 봇물처럼 쏟아낸 동시와 동요가 맑고 풋풋하다. 사진 속의 과묵한 모습과 달리 그에게도 장난기 가득한 동심의 세계와 천진난만한 웃음, 퐁퐁거리는 익살이 넘쳤다니 더욱 살갑고 다정하다. 그 느낌 그대로 연초록 색감의 필사를 마음껏 즐겨보자.

4장

원고 노트 『나의 습작기(習作期)의 시(詩) 아닌 시(詩)』에 수록된 시

초한대

초 한 대—
내 방에 품긴 향내를 맡는다.

광명의 제단이 무너지기 전
나는 깨끗한 제물을 보았다.

염소의 갈비뼈 같은 그의 몸,
그의 생명인 심지까지
백옥 같은 눈물과 피를 흘려
불살라 버린다.

그리고도 책상머리에 아롱거리며
선녀처럼 촛불은 춤을 춘다.

매를 본 꿩이 도망가듯이
암흑이 창구멍으로 도망한
나의 방에 품긴
제물의 위대한 향내를 맛보노라.

1934. 12. 24. 열여덟 살 크리스마스 이브에 쓴 것. '품긴'은 '풍긴'의 옛말이다. 그가 처음으로 날짜를 명시해서 보관한 세 작품 중 하나다. 「삶과 죽음」, 「내일은 없다」도 이날 완성했다. 동갑내기인 고종사촌 송몽규의 〈동아일보〉 신춘문예 당선 작품이 신문에 실린 1935년 1월 1일의 딱 1주일 전이다. 몽규의 당선 소식에 자극받아 단단히 각성한 게 아닌가 한다.

삶과 죽음

삶은 오늘도 죽음의 서곡을 노래하였다.
이 노래가 언제나 끝나랴.

세상 사람은—
뼈를 녹여내는 듯한 삶의 노래에
춤을 춘다.
사람들은 해가 넘어가기 전,
이 노래 끝의 공포를
생각할 사이가 없었다.

(나는 이것만은 알았다.
이 노래의 끝을 맛본 이들은
자기만 알고
다음 노래의 맛을 알려 주지 아니하였다.)

하늘 복판에 아로새기듯이
이 노래를 부른 자가 누구냐.
그리고 소낙비 그친 뒤같이도
이 노래를 그친 자가 누구뇨.

죽고 뼈만 남은
죽음의 승리자 위인들!

1934. 12. 24. 그해 크리스마스 이브에 다른 두 편과 함께 완성한 초기 시.

내일은 없다

—어린 마음이 물은

내일 내일 하기에
물었더니
밤을 자고 동틀 때
내일이라고。

새날을 찾던 나는
잠을 자고 돌보니
그때는 내일이 아니라
오늘이더라。

무리여!
내일은 없나니
……

1934. 12. 24. 역시 같은 날 완성한 시.

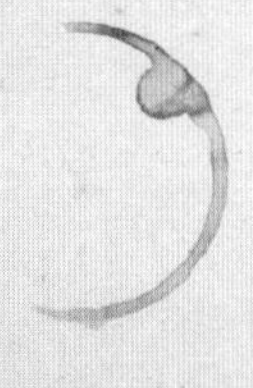

조개껍질

—바닷물 소리 듣고 싶어

아롱아롱 조개껍데기
울 언니 바닷가에서
주워 온 조개껍데기

여긴 여긴 북쪽나라요
조개는 귀여운 선물
장난감 조개껍데기

데굴데굴 굴리며 놀다
짝 잃은 조개껍데기
한 짝을 그리워하네

아롱아롱 조개껍데기
나처럼 그리워하네
물소리 바닷물 소리.

1935. 12. 동주가 쓴 최초의 동요. 이 시를 시작으로 봇물 터지듯 동시와 동요를 쏟아낸다. 그가 가장 좋아한 정지용의 『정지용 시집』이 1935년 10월 27일자로 출간됐는데, 거기 실린 동시에 반해서 1938년 연희전문 1학년 때까지 수많은 동시를 썼다.
시작 메모에 '봉수리에서'라고 적혀 있다. 평양 숭실학교는 방학 때 봉사 활동을 해야 했는데, 동주는 대동강변 봉수리에서 문익환과 겨울 성경학교를 도운 게 아닌가 추정한다. 북한의 봉수교회가 세워진 바로 그 자리다.

고향 집

—만주에서 부른

헌 짚신짝 끄을고
나 여기 왜 왔노
두만강을 건너서
쓸쓸한 이 땅에

남쪽 하늘 저 밑엔
따뜻한 내 고향
내 어머니 계신 곳
그리운 고향 집。

1936. 1. 6.

병아리

"뾰, 뾰, 뾰,
엄마 젖 좀 주."
병아리 소리.

"꺽, 꺽, 꺽,
오냐, 좀 기다려."
엄마닭 소리.

좀 있다가
병아리들은
어미 품으로
다 들어갔지요.

1936. 1. 6. 이 동요를 쓰고 난 뒤 신사참배 강요에 항의하며 평양 숭실학교를 자퇴하고 고향 용정으로 돌아와 광명학원 중학부 4학년으로 편입한다. 이 동시 「병아리」는 같은 해 『가톨릭 소년』 11월호에 발표한 것이다.

오줌싸개 지도

빨랫줄에 걸어 논
요에다 그린 지도
지난밤에 내 동생
오줌 싸 그린 지도。

꿈에 가 본 어머님 계신
별나라 지돈가、
돈 벌러 간 아버지 계신
만주 땅 지돈가。

1936. 빙긋 웃음이 나오다가도 숙연해지는 동시다. 동생이 오줌 싼 이불을 내다 말리면서 '별나라' 간 어머님과 '돈 벌러' 간 만주 땅의 아버지를 떠올린다. 이 그림 속엔 아이들만 있고 부모는 없다. 동심의 거울에 비친 현실의 아픔이 절절하다.

창구멍

바람 부는 새벽에 장터 가시는
우리 아빠 뒷자취 보고 싶어서
침을 발라 뚫어 논 작은 창구멍
아롱아롱 아침해 비치옵니다.

눈 내리는 저녁에 나무 팔러 간
우리 아빠 오시나 기다리다가
혀끝으로 뚫어 논 작은 창구멍
살랑살랑 찬바람 날아듭니다.

1936. 추운 새벽 장에 가는 아버지 뒷모습이 보고 싶어 문종이에 침 발라 뚫은 구멍 속으로 아침 해가 아롱아롱 비치는 풍경, 겨울 저녁 나무 팔러 간 아버지 돌아오길 기다릴 때 마음이 더 급해져서 혀끝으로 뚫은 구멍 사이로 찬바람이 살랑살랑 날아드는 모습. 아이의 눈에 비친 삶의 현장과 아롱거리는 가족애의 정서가 따사롭고도 애달프다.

기왓장 내외

비 오는 날 저녁에 기왓장 내외.
잃어버린 외아들 생각나선지
꼬부라진 잔등을 어루만지며
쭈룩쭈룩 구슬피 울음 웁니다.

대궐 지붕 위에서 기왓장 내외.
아름답던 옛날이 그리워선지
주름 잡힌 얼굴을 어루만지며
물끄러미 하늘만 쳐다봅니다.

1936.

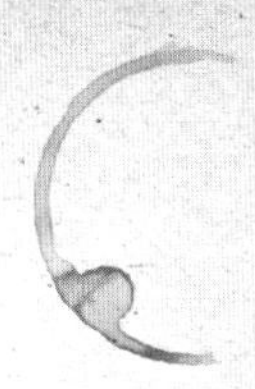

앒을 다투어 요를 주으며
어려운 이야기를 주고받으오。
날씬한 두 나래로 조용한 공기를 흔들어
두 마리가 나오。
집에 새끼 생각이 나는 모양이오。

1936. 2. 10. '요'는 모이의 함경북도 방언.

비둘기

안아 보고 싶게 귀여운
산비둘기 일곱 마리
하늘 끝까지 보일 듯이 맑은 주일날 아침에
벼를 거두어 빤빤한 논에서

이별

눈이 오다, 물이 되는 날
잿빛 하늘에 또 뿌연 내, 그리고,
커다란 기관차는 빼—액— 울며,
쪼그만,
가슴은, 울렁거린다.

이별이 너무 재빠르다, 안타깝게도,
사랑하는 사람을,
일터에서 만나자 하고—,
더운 손의 맛과, 구슬 눈물이 마르기 전
기차는 꼬리를 산굽으로 돌렸다.

1936. 3. 20. 메모에 '영현 군을-'이라고 덧붙였다.

식권 食券

식권은 하루 세 끼를 준다.

식모는 젊은 아이들에게
한때 흰 그릇 셋을 준다.

대동강 물로 끓인 국,
평안도 쌀로 지은 밥,
조선의 매운 고추장,

식권은 우리 배를 부르게.

1936. 3. 20. 평양 숭실중학교로 편입한 이듬해 신사참배 문제로 자퇴하기 직전에 쓴 시. 기숙사 식당에서 생활하던 때였다.

모란봉에서

앙당한 솔나무 가지에,
훈훈한 바람의 날개가 스치고,
얼음 섞인 대동강 물에
한나절 햇발이 미끄러지다.

허물어진 성터에서
철모르는 여아들이
저도 모를 이국말로,
재질대며 뜀을 뛰고.

난데없는 자동차가 밉다.

1936. 3. 24. '재질대며'는 '재잘대며'의 방언.

종달새

종달새는 이른 봄날
질디진 거리의 뒷골목이
싫더라.
명랑한 봄 하늘,
가벼운 두 나래를 펴서
요염한 봄노래가,
좋더라.
그러나,
오늘도 구멍 뚫린 구두를 끌고,
훌렁훌렁 뒷거리 길로,
고기 새끼 같은 나는 헤매나니,
나래와 노래가 없음인가,
가슴이 답답하구나.

1936. 3. 날짜 뒤에 '平(평)·想(상)'이라고 적혀 있는데 평양에서 구상했다는 의미다. 여기서 '고기'는 물고기를 뜻함.

거리에서

달밤의 거리
광풍이 휘날리는
북국의 거리
도시의 진주
전등 밑을 헤엄치는,
쪼그만 인어(人魚) 나,
달과 전등에 비쳐
한 몸에 둘 셋의 그림자,
커졌다 작아졌다,

괴롬의 거리
회색빛 밤거리를
걷고 있는 이 마음
선풍이 일고 있네.
외로우면서도
한 갈피 두 갈피
피어나는 마음의 그림자.
푸른 공상이
높아졌다 낮아졌다.

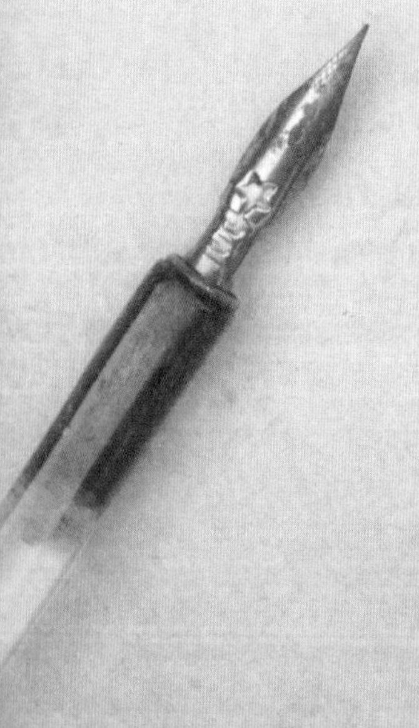

1935. 1. 18.

공상 空想

공상—

내 마음의 탑

나는 말없이 이 탑을 쌓고 있다.

명예와 허영의 천공에다,

무너질 줄도 모르고,

한 층 두 층 높이 쌓는다.

무한한 나의 공상—

그것은 내 마음의 바다,

나는 두 팔을 펼쳐서,

나의 바다에서

자유로이 헤엄친다,

황금, 지욕(知慾)의 수평선을 향하여.

1935. 윤동주의 시 중 최초로 활자화된 작품. 평양 숭실중학교 3학년 2학기에 편입한 그해 10월 발간된 학우회지 『숭실활천』(제15호)에 실렸다. 새로운 환경에서 무한한 상상을 펼치며 '지욕(知慾)의 수평선'을 향해 자유로이 헤엄치기를 바라는 마음이 담겨 있다.

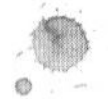

이런 날

사이좋은 정문의 두 돌기둥 끝에서
오색기와 태양기가 춤을 추는 날
금을 그은 지역의 아이들이 즐거워하다.

아이들에게 하루의 건조한 학과로
해말간 권태가 깃들고
'모순(矛盾)' 두 자를 이해치 못하도록
머리가 단순하였구나.

이런 날에는
잃어버린 완고하던 형을
부르고 싶다.

1936. 6. 10. 평양 숭실중학에서 용정으로 돌아와 유일한 5년제 학교였던 광명학원 중학부에 편입하고 두 달 만에 쓴 시. 오색기는 만주제국, 태양기는 일본제국 국기를 말한다. 일본 식민지였던 만주에선 국경일에 두 국기를 달아야 했다. 피해자인 조선인 아이들이 그 아래 즐거워하는 '모순'을 보고 그는 탄식했다. '잃어버린 완고한 형'은 혹시 몽규가 아니었을까.

오후의 구장(球場)

늦은 봄 기다리던 토요일 날,
오후 세 시 반의 경성행 열차는,
석탄 연기를 자욱이 품기고
소리치고 지나가고.

한 몸을 끄을기에 강하던
공이 자력을 잃고
한 모금의 물이
불 붙는 목을
축이기에 넉넉하다.
젊은 가슴에 피 순환이 잦고
두 철각이 늘어진다.

검은 기차 연기와 함께
푸른 산이
아지랑이 저쪽으로
가라앉는다.

1936. 5.

꿈은 깨어지고

꿈은 눈을 떴다,
그윽한 유무(幽霧)에서.

노래하던 종달이,
도망쳐 날아나고.

지난 날 봄타령 하던
금잔디 밭은 아니다.

탑은 무너졌다,
붉은 마음의 탑이—

손톱으로 새긴 대리석 탑이—
하루 저녁 폭풍에 여지없이도.

오— 황폐의 쑥밭,
눈물과 목메임이여!

꿈은 깨어졌다,
탑은 무너졌다.

1935년 10월 27일에 쓰고 이듬해인 1936년 7월 27일에 고쳐 썼다. '유무(幽霧)'는 그윽한 안개.

창공

그 여름날,
열정의 포플러는,
오려는 창공의 푸른 젖가슴을
어루만지려
팔을 펼쳐 흔들거렸다.
끓는 태양 그늘 좁다란 지점에서.

천막 같은 하늘 밑에서,
떠들던 소나기,
그리고 번개를,
춤추던 구름은 이끌고,
남방으로 도망하고,
높다랗게 창공은, 한 폭으로
가지 위에 퍼지고,
둥근 달과 기러기를 불러왔다.

푸드른 어린 마음이 이상에 타고
그의 동경의 날 가을에
조락의 눈물을 비웃다.

1935. 10. 20. 평양에서. 제목 옆에 미정고(未定稿 · 미완성)라고 써 놨다.
'푸드른'은 '푸른'의 시적 표현.

빗자루

요—리조리 베면 저고리 되고,
이—렇게 베면 큰 총 되지.
누나하고 나하고
가위로 종이 쏠았더니
어머니가 빗자루 들고
누나 하나 나 하나
엉덩이를 때렸소
방바닥이 어지럽다고—

아니 아니
고놈의 빗자루가
방바닥 쓸기 싫으니
그랬지 그랬어
괘씸하여 벽장 속에 감췄더니
이튿날 아침
빗자루가 잃어졌다고
어머니가 야단이지요.

1936. 9. 9.

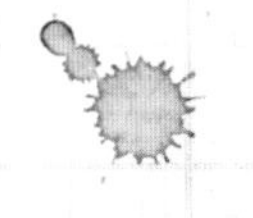

햇비

아씨처럼 내린다
보슬보슬 햇비
맞아 주자, 다 같이
　옥수숫대처럼 크게
　닷자 엿자 자라게
　햇님이 웃는다.
　나보고 웃는다.

하늘 다리 놓였다,
알롱달롱 무지개
노래하자, 즐겁게
　동무들아 이리 오나,
　다 같이 춤을 추자.
　햇님이 웃는다.
　즐거워 웃는다.

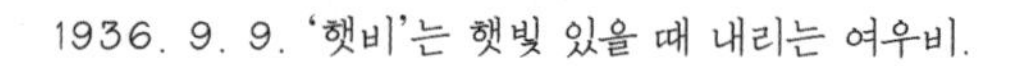

1936. 9. 9. '햇비'는 햇빛 있을 때 내리는 여우비.

비행기

머리에 프로펠러가
연잣간 풍채보다
더— 빨리 돈다.

땅에서 오를 때보다
하늘에서 높이 떠서는
빠르지 못하다.
숨결이 찬 모양이야.

비행기는—
새처럼 나래를
펄럭거리지 못한다.
그리고, 늘—
소리를 지른다.
숨이 찬가 봐.

1936. 10월 초. '연잣간'은 연자방앗간. '석마간'이라고도 한다. '풍채'는 풍차의 방언.

굴뚝

산골짜기 오막살이 낮은 굴뚝엔
몽긔, 몽긔 웬 내굴 대낮에 솟나,

감자를 굽는 게지, 총각 애들이
깜박깜박 검은 눈이 모여 앉아서
입술이 꺼멓게 숯을 바르고
옛이야기 한 커리에 감자 하나씩.

산골짜기 오막살이 낮은 굴뚝엔
살랑살랑 솟아나네 감자 굽는 내.

1936. 가을. '몽긔, 몽긔'는 몽기몽기. '내굴'은 '연기굴'의 함경도 사투리.

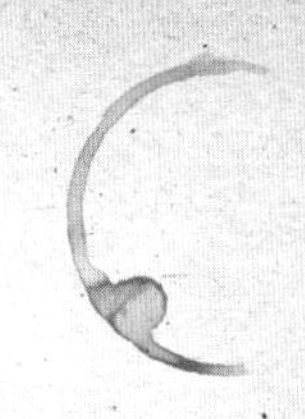

무얼 먹고 사나

바닷가 사람
물고기 잡아먹고 살고

산골에 사람
감자 구워먹고 살고

별나라 사람
무얼 먹고 사나.

1936. 10. 이듬해인 1937년 월간 『가톨릭 소년』 3월호에 실린 동시. 광명 재학 중 『가톨릭 소년』은 그의 동시가 5편이나 게재됐다. 「병아리」, 「거짓부리」, 「빗자루」, 「오줌싸개 지도」까지.

봄 1

우리 애기는
아래 발치에서 코올코올、

고양이는
부뚜막에서 가릉가릉

애기 바람이
나뭇가지에 소올소올

아저씨 햇님이
하늘 한가운데서 째앵째앵。

1936. 10. 광명중학 때 쓴 시. 동주는 '봄'이라는 제목의 시를 두 편 썼다. '봄이 혈관 속에 시내처럼 흘러'로 시작하는 또 다른 「봄」은 일본 유학 중 도쿄의 릿쿄대학에서 고국의 친구 강처중에게 보낸 편지에 넣어 보낸 작품이다.

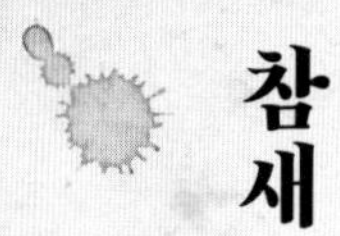

참새

가을 지난 마당을

백로지인 양

참새들이

글씨 공부하지요

짹, 짹, 입으론 부르면서

두 발로는 글씨 공부하지요

하루 종일 글씨 공부하여도

짹자 한 자밖에 더 못 쓰는 걸

1936. 12. 작품 위에 가위표를 하고 제목 아래 괄호에 '미정(未定)'이라고 써 놓았다.

개 1

눈 위에서

개가

꽃을 그리며

뛰오.

1936. 12.(추정)

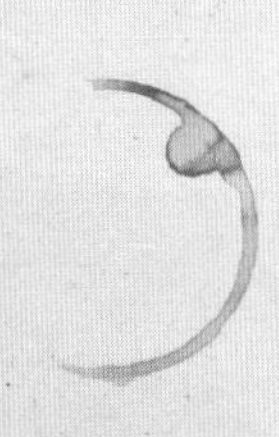

편지

누나!
이 겨울에도
눈이 가득히 왔습니다.

흰 봉투에
눈을 한 줌 옇고
글씨도 쓰지 말고
우표도 붙이지 말고
말쑥하게 그대로
편지를 부칠까요.

누나 가신 나라엔
눈이 아니 온다기에.

1936. 12.(추정) '옇고'는 '넣고'의 방언.

버선본

어머니!
누나 쓰다 버린 습자지는
두었다가 뭣에 쓰나요?

그런 줄 몰랐더니
습자지에다 내 버선 놓고
가위로 오려
버선본 만드는걸.

어머니!
내가 쓰다 버린 몽당연필은
두었다간 뭣에 쓰나요?

그런 줄 몰랐더니
천 위에다 버선본 놓고
침 발라 점을 찍곤
내 버선 만드는걸.

1936. 12월 초. 광명학원 중학부 4학년 때 쓴 시. 동주의 어머니는 바느질 솜씨가 뛰어났다. 몸이 약한 편인데도 동네 처녀들이 시집갈 때 입을 혼례복을 부탁하면 늘 정성을 다해서 고운 옷을 만들어주곤 했다.

이불

지난밤에
눈이 소—복이 왔네
지붕이랑
길이랑 밭이랑
추워한다고
덮어주는 이불인가 봐

그러기에
추운 겨울에만 내리지

1936. 12. 이 시에서 눈여겨볼 단어는 '이불'. 원래 시 제목도 '이불'이었는데 나중에 '눈'으로 고쳤다.

사과

붉은 사과 한 개를
아버지 어머니
누나, 나, 넷이서
껍질채로 송치까지
다― 나눠 먹었소.

1936. 12. '송치'는 옥수수 이삭의 속.

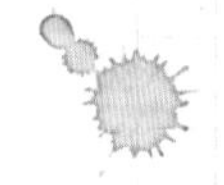

눈

눈이
새하얗게 와서,
눈이
새물새물하오.

1936. 12.(추정)

닭 2

—닭은 나래가 커도
　　왜, 날잖나요
—아마 두엄 파기에
　　홀 잊었나 봐.

1936. 12.(추정) '홀'은 '갑자기'의 함북 방언.

호주머니

옇을 것 없어
걱정이던
호주머니는

겨울만 되면
주먹 두 개 갑북갑북.

1936. 12.~1937. 1.(추정) '옇을'은 '넣을', '갑북'은 '가뜩'의 평안북도 방언.

아침

휙, 휙, 휙, 소꼬리가 부드러운 채찍질로 어둠을 쫓아,
캄, 캄, 캄, 어둠이 깊다 깊다 밝으오.

이제 이 동리의 아침이,
풀살 오른 소 엉덩이처럼 기름지오
이 동리 콩죽 먹는 사람들이,
땀물을 뿌려 이 여름을 자래웠소.

잎, 잎, 풀잎마다 땀방울이 맺혔소.
여보! 여보! 이 모든 것을 아오.

이 아침을
심호흡하오 또 하오.

1936.

거짓부리

똑, 똑, 똑,
문 좀 열어 주셔요.
하룻밤 자고 갑시다.
　밤은 깊고 날은 추운데,
　거, 누굴까?
문을 열어 주고 보니,
검둥이의 꼬리가
거짓부리한 걸.

꼬끼요, 꼬끼요,
닭알 낳았다.
간난아! 어서 집어 가거라
　간난이 뛰어가 보니
　닭알은 무슨 닭알.
고놈의 암탉이
대낮에 새빨간
거짓부리한 걸.

1937.(추정) 『가톨릭 소년』 1937년 10월호에 발표.

둘다

바다도 푸르고,
하늘도 푸르고,

바다도 끝없고,
하늘도 끝없고,

바다에 돌 던지고
하늘에 침 뱉고

바다는 벙글
하늘은 잠잠

1937.(추정)

가자、 가자、 가자、
숲으로 가자。
달조각을 주우러
숲으로 가자。

그믐밤 반딧불은
부서진 달 조각

가자、 가자、 가자、
숲으로 가자。
달조각을 주우러
숲으로 가자。

1937. 연희전문 입학 전에 쓴 시.

반딧불

만돌이

만돌이가 학교에서 돌아오다가
전봇대 있는 데서
돌재기 다섯 개를 주웠습니다.

전봇대를 겨누고
돌 첫 개를 뿌렸습니다.
—딱—
두 개째 뿌렸습니다.
—아뿔싸—
세 개째 뿌렸습니다.
—딱—
네 개째 뿌렸습니다.
—아뿔싸—
다섯 개째 뿌렸습니다.
—딱—

다섯 개에 세 개……
그만하면 되었다.
내일 시험,
다섯 문제에, 세 문제만 하면—
손꼽아 구구를 하여 봐도
허양 육십 점이다.
볼 거 있나 공 차러 가자.

그 이튿날 만돌이는
꼼짝 못하고 선생님한테
흰 종이를 바쳤을까요
그렇잖으면 정말
육십 점을 맞았을까요

1937. 3.(추정) 공부하기 싫은 소년의 심리를 재미있게 그렸다. 축구선수로도 뛴 동주의 모습이 '볼 거 있나 공 차러 가자'는 대목에 오버랩된다. '돌재기'는 돌자갈이나 돌멩이를 가리키는 방언, '허양'은 '거뜬히'라는 뜻의 북간도 사투리.

개 2

"이 개 더럽잖니."

아—니 이웃집 덜렁 수캐가

오늘 어슬렁어슬렁 우리 집으로 오더니

우리 집 바둑이 밑구멍에다 코를 대고

씩씩 내를 맡겠지, 더러운 줄도 모르고,

보기 흉해서 막 차며 욕해 쫓았더니

꼬리를 휘휘 저으며

너희들보다 어떻겠냐 하는 상으로

뛰어가겠지요 나—참.

1937. 봄.(추정)

나무

나무가 춤을 추면
　바람이 불고,
나무가 잠잠하면
　바람도 자오.

1937. 3.(추정)

5장

유학 이전 습유작품

팔복 八福

—마태복음 5장 3~12

슬퍼하는 자는 복이 있나니
슬퍼하는 자는 복이 있나니
슬퍼하는 자는 복이 있나니
슬퍼하는 자는 복이 있나니
슬퍼하는 자는 복이 있나니
슬퍼하는 자는 복이 있나니
슬퍼하는 자는 복이 있나니
슬퍼하는 자는 복이 있나니

저희가 영원히 슬플 것이오.

1940. 12.(추정) 이 무렵 그는 1년 3개월의 절필을 끝내고 「팔복」과 「병원」, 「위로」의 3편을 몰아서 쓰며 광폭한 시대를 견뎠다. 부제에 '마태복음 5장 3~12절'이라고 전거를 밝혀놓았는데, 다른 대목은 빼고 2절 '애통하는 자는 복이 있나니'만 여덟 번이나 반복하고는 '저희가 영원히 슬플 것'이라고 했다.
원래 초고에는 '슬퍼하는 자는 복이 있나니'를 여덟 번 거푸 쓰고는 '저희가 슬플 것이오'와 '저희가 위로함을 받을 것이오'를 곁들였다. 그리고 두 줄을 죽죽 그어 지우고 한 행을 띄운 뒤에 '저희가 오래 슬플 것이오'라는 구절을 써 넣었다. 그러고도 마음에 차지 않아 '오래'를 지우고 '영원히'로 바꿨다. 어두운 시대 '슬픈 족속'의 절망을 역설적인 어법으로 풍자하는 과정이 눈물겹고 아릿하다.

245

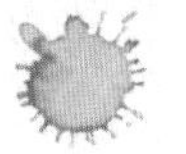

못 자는 밤

하나、 둘、 셋、 넷

……

밤은

많기도 하다。

1941.